教育的想像

——七星潭畔沈思錄

高強華 / 著

 序

　　不斷的有人重複地詢問我：你教書一輩子，快樂嗎？你寫了不少本的書，有價值嗎？你也曾經兼任大學的學術行政工作，喜歡教書還是喜歡行政工作？你風塵僕僕的往返台北和花蓮之間，划得來嗎？有必要那麼的舟車勞頓嗎？那麼多的車程和旅程時間，拿來作研究、寫專書，不是收穫更爲豐碩可觀嗎？如果你安於台北，就不必往花蓮跑；又如果你安於花蓮或慈濟大學或新城精舍，當然也就不必常常往台北跑，何苦兩頭勞累奔波，卻又兩邊忙不出個所以然來……

　　我深切的明瞭「定」、「靜」、「安」、「慮」而後能「得」的道理。但是在首善之都的國立名校任教，面對大學卓越和學校整併的熱浪風潮，幾個人能眞正的靜心定志，知道爲所當爲、爲所應爲與見義勇爲？居住在車馬喧囂，不斷整建裝修的福和橋畔，深夜兩點還聽到流竄穿梭的摩托車陣隆隆的引擎聲，如何而能清淨冥想、靜

觀自得？尤其君子有終生之憂，時時憂慮國家正常不正
常、學校典範不典範、血緣或籍貫正確不正確、觀點或
主張圓融不圓融的轉型世紀，何處才是安身立命的桃源
仙鄉？因此而我年逾半百，卻常常慨嘆無法享受「萬物
靜觀皆自得」的寧謐和樂趣——

　　人生到處知何似，應似飛鴻踏雪泥！
　　泥上偶然留鴻爪，鴻飛那復計西東！

　　從青少年時期到中壯年時期，我對於人生匆匆的體
悟頗為深刻；但是對於教育的理想，台灣的希望繫乎學
校教育的堅持，卻是堅定而恆常信其為真的。不論是南
海學園明星學校的老師，或者是豐濱、長濱太平洋畔的
偏遠學校教師，都必須要能夠植根於傳統文化，具備新
穎的觀念，瞭解時代的潮流和趨勢願景，尤其要能夠勇
於懷疑批判、不墨守成規，表現突出創新。十五年前出
版「教育沉思錄」，是因為慨嘆教育的危機重重，其後陸
續出版了《教育的智慧》、《樂在教學》、《關懷新新人
類》、《前瞻廿一世紀新教育》、《理解青少年問題》、
《學校組織與課程革新》等專書，仍然是因為深深有感於
教育的問題層出不窮，一本又一本的書籍出版，雖然是
精衛填海般的渺茫和微小，卻總而言之，是一種孜孜矻

矻的明證。證明歲歲月月年年，我的分分秒秒不曾空過。這本《教育的想像——七星潭畔沉思錄》的結集出版，是住在慈濟大學同心圓宿舍，兩年來左手的繆思；雖然行色匆匆，磨損了三雙皮鞋和六雙布鞋，平均半年就要為愛車更換新輪胎，但是每個清晨日出的剎那，我知道早早的醒著寫稿，是一種至高無上的喜悅和享受——

> 莫聽穿林打葉聲，何妨吟嘯且徐行
> 竹杖芒鞋輕勝馬，一簑煙雨任平生
> 料峭春風吹酒醒，山頭斜照卻相迎
> 回首向來蕭瑟處，也無風雨也無晴

　　浩瀚無垠的太平洋，誠然令人感到敬畏與自我慚愧；所幸在七星潭畔遠眺太平洋，始終感到非常的踏實與堅定。颱風前後蘇花公路的崎嶇泥濘與崩塌瀑流，確實也讓人心驚膽戰；但是兩年來八、九十趟的奔馳，最嚴重的情況，是在一四七公里處等候了廿五分鐘，其他的時候則總是風景靈秀雄奇，行路或穿雲駕霧，或行雲流水，或清暢蔚藍，或披星戴月，我享受著遠勝游魚飛鳥的自由自在和無拘無礙。

　　至於千里奔忙，究竟能忙出些什麼名堂？我想起著名的畫家倫伯朗說：世界的四邊都有鐵柱和牢籠，你可

以不斷的去碰撞它，但永遠也出不來！我常想人生究竟是不是應該要有目的？誠正勤樸的人生，目的何在？慈悲喜捨的人生，目的又是甚麼？我思故我在的人，需要不斷的思考再思考。我歌故我在的人，不停的唱歌唱成了星光幫；追逐權勢名利的人，一樣有他執著無悔的堅持與追尋；我而今可以過閒雲野鶴詩書自娛的人生，所有的忙碌或奔走，都只是那種為了盡其在我的虛矯和自尊自是而已。

　　希望七星潭畔的定置漁網，永遠是生態平衡收穫喜悅與豐盈，最節制最環保和文明的設計！

　　希望七星潭畔的攝影學家，永遠能拍攝到最蔚藍最清新動人，奇絕險絕極美極偉的海岸風光！

　　希望七星潭畔的遊客或歸人，永遠能夠享受到無與倫比的寧靜舒坦，自由自在和無拘無礙！

華默　謹識

花蓮慈濟大學同心圓宿舍

2007.12.25

目　錄

序　5

我的祈禱　10

你快樂嗎？　11

歡迎來花蓮教書　16

生活在花蓮　20

火車奇緣　27

七星潭畔的行吟　33

鹽寮海灘記事　36

野菜火鍋樂開懷　40

花東山水自在行　43

誰綁架了妳的自由　47

繁星點點　51

新娘禮服　56

太平洋畔的祝福　60

雲山千萬里　65

奔馳　70

向左走？向右走？　73

課發會中的想像　80

暖陽春曉　88

成功的關鍵　94

漁人碼頭的沉思　99

銀河水都想像未來　104

板橋新站廣場、凝眸　109

福和橋頭靜思語　114

仁民愛物哲人王　118

校園靜思語　122

颱風過後　126

追風筆記　132

尋覓教改的答案　139

八千里路雲和月　146

北京潭柘寺記遊　158

偶然　166

附錄一　星光燦爛，我心如秤　173

附錄二　二○○六年清邁隨筆　184

附錄三　龍傳村印象　192

我的祈禱

親愛而慈悲的佛陀上人

謝謝祢的感召和開示

是祢的法語智慧

使我免於對奸邪小人憤恨

使我從相同的奸邪、偏見自私和愚蠢之中

豁然開朗、得到靈光閃動

領悟到原諒別人的過錯和邪惡

就可以赦免我自己的過錯和自私

使我真真正正地得到自由和解脫

我走過陰暗幽寂的曠野

謝謝祢揭示的一片天光，亮眼的未來

謝謝祢開啟的無限美好——

你快樂嗎？

如果你能擁有更多的財富，你會更快樂嗎？

如果你擁有更苗條的身材，你會更快樂嗎？

如果你穿戴華麗名車代步，你會更快樂嗎？

如果你平步青雲直登天頂，你會更快樂嗎？

如果你擁有更多的田舍農莊，你會更快樂嗎？

如果你獲得更多的掌聲名望，你會更快樂嗎？

如果你能有更多的旅遊機會，你會更快樂嗎？

　　大部分的人都是從小被寵溺疼愛長大的，尤其是在廣告行銷的推波助瀾之下，沒有穿戴名牌服飾的人是跟不上時代的人，當然也就是不快樂的人；沒有手機電腦出國旅遊經驗的人，也是不合時宜，跟不上時代的人，當然也不容易快樂幸福。人人追求財富與成功，人人都對自己的現狀不滿意和挑剔，因此除非賺更多錢，住更寬闊的豪宅，更年輕青春有魅力，否則是無法真正快樂

的。這樣的想法普遍深植在每一個人的心裡，導致我們周遭真的遇不到幾個真正快樂的人。

我們小的時候，其實吃一塊餅乾，唱一段兒歌，就感到非常的快樂。能再喝兩口牛奶，便達到心滿意足的喜悅狀態；但是大人們說要認真讀書、努力學習、最好要能夠名列前茅，才能保證以後念較好的學校，找到較好的工作；於是所有的歡喜雀躍，便成為必須延遲到以後才能有的享受。真念了好的高中、明星大學，想要快快樂樂享受四年由你玩的黃金歲月，成人師長們又說第二專長很重要，生涯規劃很重要，為明天的社會厚植實

快樂的小女兒希望能更快樂！

希望小文能真正的快樂！

力很重要。找到第一份工作的時候，每個人都建議要謙
卑有禮，服從長官、成家立業的初始階段要能夠吃得苦
中苦，方為人上人。等到第一個孩子出生，又面臨教育
預算支出的規劃，孩子成家立業前的家長責任……等問
題，中年人的快樂似乎要等到孩子畢業之後才開始。壯
年盛年時間的快樂，又說要等到退休之後，才能享受真
正的幸福人生。但就像我們的體能筋骨，愈鍛鍊才能愈
強健，我們的快樂心情，也是愈培養愈豐碩才對。如果
人生的每一個階段都要延緩快樂的滿足，會不會愈到人
生晚年，愈無法真正的體悟快樂究竟是甚麼？

　　人生責任的完成是如釋重荷還是快樂無憂？一輩子承擔重責大任的人，沒有責任負荷的時候，會不會變得消極虛無頹唐渙散，自詡「鐵肩擔道義，辣手寫文章」的人，活在無情無義沒有道理可言的社會，寫再多的文章卻沒人理睬，文章累積成專書之後，沒有銷路、自買自送幾千本之後，竟然陸陸續續在不同的二手書店，成為每本三十元的折價書，是要繼續不斷的自說自話自我批評，還是乾脆擲筆封書，從此不問世事？

　　「文章千古事，得失寸心知」，如果除了週記和作文考試，你從來不曾主動寫過任何一篇文章，那當然你無法理解天天閱讀時時寫作的必要性。無論是購買運動彩券或是海外共同基金之前，一定要先閱讀。無論是出國旅遊或是出席會議之前，一定也要先做充分的閱讀，否則中獎了、玩對了、說對了的喜悅，卻是一種僥倖，人生的一切快樂，都不應該是偶然或運氣的成分居多吧！

　　　如果你閱讀更多的書報雜誌，你一定會快樂！

　　　如果你遊覽更多的名勝古蹟，你一定會更快樂！

　　　如果你攀越更多的崇山峻嶺，你一定會更快樂！

　　如果你造訪更多的名城豪宅，你一定會更快
樂！

　　如果你探尋更多的鄉野部落，你一定會更快
樂！

　　如果你慈悲寬厚協助更多的人，你一定會更快
樂！

山海風景無人憂

歡迎來花蓮教書

你去花蓮教書快樂嗎？

看似簡單卻非常耐人尋味的問題，教書快樂不快樂，是個本質上的問題；台北教書和花蓮教書的地域差異，又是另一個形式上的問題。本來在台北教書快樂的人，換了到花蓮教書，應該會如魚得水，更加的快樂才是？本來在台北教書不快樂的人，到了花蓮教書，會比較快樂或者竟然變得更不快樂了？當然答案取決於各種變數的影響，究竟是哪些變數呢？

記得徐自摩在《自剖》中說：

> 我是個好動的人，每回我身體行動的時候，我的思想也彷彿就跟著跳盪……我愛動，愛看動的事物，愛活潑的人，愛水，愛空中的飛鳥，愛車窗外馳過的田野山水……

回想自己的一生，我不知道自己是好動的人，還是

好靜的人。我好動的部分是我的思考、是我的語言，但骨子裡我知道自己是個喜歡幽居僻靜生活的人。「靜寂清澄、志玄虛漠、億百千劫、守之不動」，刻在慈濟大學文化長廊上的無量經文，令我非常的感動。我可以靜靜地站在那裡半個多小時，一動也不動；但是滿腦子卻是靜寂清澈的海洋，是靜默無言的沙灘，是靜寂了的竹軒幽徑，是清寂無人的鯉魚潭步道，是寂寞無車的箭瑛大橋上，遠眺青山綠水，芒花寂然不動的景象。我的志向何在？我的情歸何處？答案啊答案，在綠草如茵的校園上空徘徊。

　　　教書快不快樂和任教的科目或領域有關嗎？
　　　教書快不快樂和學生的數量或品質有關嗎？
　　　教書快不快樂和學校的聲望或排名有關嗎？
　　　教書快不快樂和教師的學問或態度有關嗎？

　　一切都是關連密切的。學生都喜歡作文，國文老師當然覺得教書改作文是快樂的。如果是聲望卓越的好學校中的好班級，教師得天下英才而教的感覺，一定也是快樂居多，但是如果明星學校的學生積習不改，斤斤計較的是分數排名和獎品的質量，最好的老師最後仍然會感到教書的趣味索然，教得愈久，麻煩和苦惱愈多，最

後染上和大家並無二致的校園憂鬱症。

　　從台北的國立大學,接近三十年的教學說唱,傳道解惑,我確信教學生涯的確是意義深刻,而且是快樂無窮的生涯。許許多多的學生後來成為學校的主任或校長,成為課程督學,成為社區意見領袖,成為中央部會的科長,副司長或司長,我自己也兩度得到教育專業學會的木鐸獎,教學生涯顯然是豐盈而快樂的——

　　但是在花蓮慈濟任教,朋友們的關心,難免顯現出特別的多慮,夾雜些許莫名奇妙的同情與悲憫。雖然覺得有些不必要,但是坦白地說,聽起來格外受到照拂與關注的剎那之間,心靈深處仍然是深深受到感動,進而沉思良久的。

　　褪不去後山的悲情意識看花蓮,當然公共建設不足,地方經費有限,而無法和國際化的首都或港都競爭,私立學校無論規模聲望或員額經費,都無法與國立大學相比都是事實。所有的生命機會(life chances)或文化刺激比不上台北,也都不容否認,但是純粹從教書的樂趣方面來看,幾頁英文的補充教材,讓學生們感受到自己的不足,需要加倍認真的學習才對得起老師,豈不是非常的快樂?用鬥牛士牛排二分之一的價格,可以請全班班遊的時候,聚在一起大啖野菜火鍋風味套餐,豈

不也是樂事一樁？換個角度想想，山中無老虎而稱王的猴子，和豹虎象獅競長爭短，奔馳流汗、勾心鬥角，不相上下，而最後終究依照物競天擇的法則，在草原曠野之中臣服或逃竄或喪失了生命……究竟誰才能夠得到真正的快樂？

摯友們認為家在台北而跑到遙遠的花蓮去任教，無論是搭飛機，乘火車，還是自行駕車，想起來都是挺累人的。大多數朋友幾年才一次的花東之旅，安排起來還真是勞心費神。我忽然之間想起深夜十二點半在蘇花公路上追星逐月的旅程，如此的寂靜寧謐，無比的雲淡風輕，無限的自由自在……我知道：下一回遇到朋友問我去花蓮教書，究竟快樂還是不快樂的時候，我的回答將是溫婉而堅定的口吻，樂觀開朗地回應他說：歡迎一起來花蓮教書！

如果能帶著照顧與關懷的使命感和理想，在哪裡教書都一樣，都會是快樂而幸福的人生。

如果摒絕掉自尊或自卑的優越感和抱負，在哪裡奔忙都一樣，也都會是平凡而沉重的生命。

如果常懷著淡薄而寧靜的希望感和憧憬，在哪裡頂禮跪拜都一樣，也都會是虔誠而真摯的行儀……

生活在花蓮

清晨的鳥鳴啁啾，開啓了美好一天的序曲——

花蓮的確是個寧靜安詳，田園自然，清新活潑，健康友善的幸福桃花源。無論是白天或夜晚，走在美崙山或楓林步道的感覺，比起徜徉在陽明山或仙跡岩步道，確實是更寧靜更輕鬆，也更安靜更祥和。花蓮人開車或走路的速度，和繁榮的台北都會人相比較，顯然更穩健更緩慢，也更充滿了自信自在，花蓮居民完全不需要急急忙忙的左轉右轉爲了趕紅燈而奔忙呀！

而壯闊瑰奇清麗開朗的山水風景，更是心靈上無止無盡的盛情饗宴。依山傍海的花東縱谷、中央山脈陡峭而高聳入雲，太魯閣峽谷的深峻奇偉，更是無比的壯美儷人。想要清修精進，慈濟新城精舍和靜思堂，是全球宗教人士有口皆碑的參訪與靈修聖地；想要休閒度假，石梯坪到三仙台，是全球博覽家最嚮往也最陌生的海岸

勝景。太平洋的波瀾壯闊,鹽寮、磯崎、八仙洞、石雨
傘的景緻清奇,海岸階地、沙灘、礫石灘、礁岩和海
岬、海蝕洞的變化萬端,是天地之間彌足珍貴的地質公
園和自然教室。

　　尤其習慣於早起運動,享受汗流浹背與身體律動的
人,更能夠理解生活在花蓮的自在與快樂。七星潭和南
北濱公園的步道,規劃良好,視野開朗宏遠,風景非常
優美;七腳川溪沿溪慢行,松園別館臨風悠遊,美崙溪
畔看著白鷺鷥覓食,知卡宣森林公園的自在踱步,德興
運動公園或慈濟大學大喜館中的跳躍健身……無論是風
雨晨昏或春夏秋冬,不論是單身逍遙抑或是雙腳健步,
迴瀾夢土是深刻理解生活之真機趣的人,創造嶄新的
「台灣悠仙」新境界的好地方。

　　當然印象最深刻難忘的,是花蓮人的好客與熱情友
善。十幾年前初次造訪花蓮,問花蓮高商卻找到了花蓮
高農的時候,是一位熱心的老伯伯一路陪著重新找到花
蓮高商。第二天在縣政府附近詢問美侖飯店,是一位熱
心的小姐開車前導,一路引領著到達目的地。當時真為
花蓮市民的友善熱情驚訝不已,是怎樣的一種溫暖與閒
適,才能造就一個城市居民的良善和熱心助人?我漸漸
從一次又一次的石雕藝術之旅,石癡個人工作室探訪和

石藝大街的閒逛行程之中，領悟到花蓮的每一顆石頭都有故事和感情，每一家餐廳都有自己的獨特主張和拿手招牌菜。無論是野菜火鍋還是海鮮套餐，招待台北或宜蘭來的三五好友促膝聚敘的感覺，絲毫不遜以前在台北時的福華、凱悅或者圓山、鼎泰豐。而停車方便，清靜優雅的景觀猶有過之。聚餐之後的多元文化體驗，無論是造訪三級古蹟慶修院，或是精品名石園，參觀小美麻糬文化館或是奇萊亞酒莊主題園，都是一趟令人難忘的知性人文之旅。

吉安和壽豐被評選為台灣數一、數二的退休幸福城鎮之後，住在花蓮更成為許多屆齡待退人士規劃圓滿人生的首要選擇。事實上花蓮的水石之美，空氣清新，氣候宜人，交通便捷，醫療品質日漸提升之外，藝術與人文的豐厚更是值得肯定。看完書法協會的作品聯展，覺得書法可以淨化人心、美化人生的說法，真是所言不虛。參與了一次太魯閣峽谷音樂會，覺得真是一種至高無上的心靈饗宴；現場索票聆聽了一次爵士樂，又真後悔錯過的其他每一場演出。還清楚記得西瓜盛產的熱鬧豐盈，更令人心醉的螢火蟲音樂季，暑假星光大道活動和金針花季隨即展開，穿插或搭配上各商家因應母親節和端午節的特賣熱銷，花蓮人的生活律動，真是非常的

原鄉又非常的時髦！此外，自由入場的文化電影院，無
論是普遍級、保護級或是輔導級的影片，可以為週六或
週日想要避開觀光旅遊人車熱潮的民眾，提供另一種多
元的經驗，無論是親子同行或是師生共賞、情侶攜手，
都是非常貼心而溫馨的選擇。

　　喜歡壯遊（Grand tour）或是探索冒險經驗的人們，
生活在花蓮更是如魚得水，很容易便能快速而便捷地安
排種種瀟灑而又饒富挑戰性的活動。秀姑巒溪泛舟，立
霧溪或黃金峽谷的登山與溯溪，越野腳踏車和四輪傳動
吉普車交替騎乘，鯉魚潭划獨木舟或輕艇，野地露營或
垂釣，磯崎海灘的衝浪，風浪板或飛行傘，月洞探險或
八仙洞踏查等，都是適合學校推展戶外冒險教育的新鮮
課程，也是親子旅遊的熱門活動。中橫沿線的錐麓大斷
崖古道，立霧溪掘鑿曲流古道，昆陽到碧綠間的合歡越
嶺古道，鬼斧神工的九曲洞景觀步道……都是挑戰體能
之極限，超越顛峰與創造自我高峰經驗而彌足珍視的瑰
麗行程。花蓮人如果坐擁世界級的自然生態景觀資源，
卻對峽谷之美，瀑布之奇、斷崖之險、湧泉之趣，河階
與曲流壺穴之令人歎為觀止等，缺乏親炙讚歎和徜徉流
連的經驗，那真是入寶山而空回，居福地而常懷後山之
悲情，煮鶴焚琴，暴殄天物，莫此為甚！

　　除了珍惜、珍視、珍藏與珍愛天地之間的自然瑰寶，花蓮人愛石也愛鳥，賞鯨也賞蘭，萬物靜觀皆自得，四時嘉興與人同。住在市區的人，也常常輕易便能夠觀賞到中央山脈的雲海山嵐和千變萬化，存心在峰巒疊翠之間漫遊攬勝的人，當然對於清風明月和雨霧濛濛的體驗深刻，優游閒歲月，瀟灑度時光，無論是清溪濯足，明潭漂游、林田山發思古之幽情，馬太鞍濕地靜思，波斯菊花園躂步，原鄉的日出和彩虹，總是格外顯得和諧寧靜與陶然忘機——

　　張潮在《幽夢影》中說：花不可以無蝶，山不可以無泉，石不可以無苔，水不可以無藻，喬木不可以有藤蘿，人不可以無癖。我在荖溪上游的水工教室附近，第一次見到繁花盛開蝶影飛舞的奇特情景，眞是萬分的讚嘆感動！第二個週休日，便決定一探富源蝴蝶谷。在秀朗休閒蘭園享受獨特的蘭花咖啡之後，漸漸開啓了養蘭賞蘭的興趣。走過晴雨耕讀的校長鎮——鳳林，便更肯定客家文物館的必要。校長之家的贊碳工房，更是一絕；去到靜浦的長虹橋，對秀姑漱玉的景緻賞心悅目之餘，也開始收藏幾顆海藻玉和年糕玉。在南安瀑布瓦拉米步道健行，我知道此生一闖八通關古道，也只是牛刀小試，更高遠更險峻奇絕的挑戰，正在不遠的前方招手

呼喚。生活在花蓮，真可以激發許多良好的癖好與休閒
新習慣！

　　我更知道奇業檜木館的風味餐和金澤居的樹屋，都
是招待台北訪客的開始，花蓮的民宿類別豐富而設計多
元，也是一種特色。溯一趟三棧北溪，更長更遠更豐富
驚喜的三棧南溪，更待開啓另一條完全陌生，卻更刺激
驚險的旅程。而慕谷慕魚遊客中心的生態簡報剛剛落
幕，清水溪和翡翠谷的急流與深潭，都正聚精會神地等
待和迎接訪客的到來。花蓮人的腳趾頭，顯然就是張惠
妹的嘹亮歌聲牽引下的精靈，跳躍在山巔水湄，如此的

快樂人間桃花源

輕快靈活，又是如此的激越昂奮！

　　如果能以地球觀光客的心態生活在花蓮，天天悠閒天天博覽的心情，一定能使一個人健康快活，青春永駐。如果更能以「後山主人」或「原鄉本尊」的視野，培育生活在花蓮另一種穩健踏實灑脫豪放的主體覺識，那麼，好山好水好家園，快樂無憂眞瀟灑；迴瀾夢土新願景，日新月異風雅頌，花蓮人的生活品味和休閒趣味，可以是新世紀台灣人的驕傲！當然花蓮的玫瑰石較埔里的龜甲石更爲璀璨亮麗，花蓮的大理石較八里鄉的觀音石更爲變化萬千，花蓮的藤心、箭筍、紅糯米、芋頭番薯和剝皮辣椒亦都獨具特色。有一回在家樂福美食街遇到淡水來的兩位朋友，他們說看戰鬥機一架接一架升空的場面，非常的壯觀，也是非常難得和值得的視聽經驗；對美食街的印象，他們說比在台北東區地下街還要自在舒坦。我約他們去看柴魚博物館，順道造訪籌建中的曼波魚博物館，在原野牧場欣賞定置漁網的縱橫阡陌，朋友們的羨慕贊嘆，讓我眞正體會到「有朋自遠方來，不亦樂乎」的眞快活！

　　花蓮五月天的雨夜，菜園和竹林裡的蛙鼓陣陣，我感恩在花蓮慈濟大學同心圓宿舍的每一個夜晚，都睡的無比的香甜沉醉，無限的寧謐清靜……

火車奇緣

　　想到用花蓮回台北的三個小時車程，仔細校讀一篇等待口試的論文，沒想到事與願違，火車一開動，就被糊裡糊塗的一陣喧嚷干擾……

　　「喂！你聽好，趕快找列車長，跟他說你要在羅東站下車，請他一定要讓你下車，你一定要在羅東等我們，我說話的時候，你不要好好喂喂的囉唆個不停嘛！剛才叫你下車，你就偏偏不聽，明明你搭錯班車，你卻說好好你要走了，現在只好等我們到羅東再接你啦！」

　　「你怎麼那麼麻煩呢？跟你說第一月台，你卻偏要跑到第二月台，叫你下車，你又不聽，你剛剛下車不就沒事了嗎？反正等一下你在羅東站等我們，我們快到站的時候會call你，到時候你才上車，我有請這班車的列車長跟你的列車長聯絡，你的票在我這裡，你不要另外又去補票，跟列車長說清楚，他

知道你搭錯車，你看你看，你又再喂喂哦哦亂說些甚麼，你要聽人家講話，不要自己顧自己講話嘛……」

列車經過新城的時候，我等著遠眺精舍那一帶的建築和山勢，有兩三個月沒能得空回精舍看看，好像除了教書、開會和行政上的瑣碎總總，與精舍的距離的確是越來愈遠了，也常常自責自思，更常常自問自答，我知道在思省問答之中，的確常常心領神會上人的法語智慧，但實質上我的腳步身影，和精舍的距離的確是越來越遙遠了……

「喂！你是不是在羅東車站？是不是在第一月台？好！好！我問過列車長，大約再半個小時會到羅東，甚麼！聽不清楚呀！現在過山洞啦！等一下再講啦！」

火車空洞空洞地在山洞裡奔馳著，想看的論文突然間變得黯淡模糊！好像白紙上浮現的是千千萬萬隻螞蟻，東西南北胡亂地四處竄逃，我的睡意朦朧，愈來愈不清楚這篇論文究竟要說些甚麼──

「喂！現在聽得見嗎？跟你說好不要亂跑，我說

話的時候你要認真聽清楚！你看你看，你又是喂喂哦哦些甚麼？你的藥全都在我包包裡啦，時間還沒到，吃藥的時間還早啦！跟你說大概再二十幾分鐘才會到羅東，到的時候我會call你啦！你一定不要再隨便上車了，聽見沒有，你不可以再隨便上車啦！」

左右鄰座的人都在各自忙著，吃東西的、聽音樂的、打牌的、和睡覺的。我想起幾次開會的時候，主席說話其他的人也在說話，who care？好像真是個七嘴八舌的年代，誰真正關心別人在說些甚麼呢？

突然之間，火車在快到羅東站的時候，停了下來：「各位旅客，我們在這裡臨時停車，請不要上下車，以免發生危險！」列車小姐的聲音清脆甜美，許多旅客打量著車窗外，冬山到羅東之間，會有什麼原因臨時停車？

「喂！我跟你講，再兩三分鐘才到羅東，現在不知道為甚麼？你看到我們的火車進站了？不是啦！我們還沒有到啦！那一班不是我們的車，你不要急，我們還沒進站，我們還在臨時暫停，你是不是在第一月台！你是不是站在五號車門的地方？喂——喂——你不要好好哦哦的說話，你再等一下，我call你，甚麼？你又上車了，你又錯了啦！你那一班

不是我們的車，你為什麼不聽清楚我所說的話？你
知道你要去哪裡嗎？你究竟要怎麼樣嘛！你這樣子
我要怎麼處理事情呢？你不要講！你旁邊有沒有
人？你把手機給他，我跟他講──」

「小聲一點啦！吵死人啦──」，後座半夢半醒狀態
的某一位旅客，終於按奈不住一個多小時的吵吵嚷嚷，
大聲提出抗議，老婦人突然停頓了一下，聽聽想想真是
萬般的無奈，想看看究竟是怎樣一個誤事的糟老頭子，
卻無緣得見──

「喂！先生，我跟你講哦，對不起！小姐，我跟
你講，我先生年齡大了，又重聽，他不聽我的話，
現在又搭錯車了，我們要去新竹，他搭錯車，我要
他在羅東站等我們，結果他又上錯車，小姐，小
姐，你幫我看看左右，有沒有要到花蓮的人，對
啦！小姐，我應該先問問你是不是要到花蓮，哦！
對不起啦！你不到花蓮，你不到花蓮呀！你只坐到
新城站呀！我可不可以麻煩你，幫我看著他，不要
讓他隨便下車，再幫我找一個在花蓮下車的人，拜
託他帶著我先生一起下車好嗎？真的不好意思，麻
煩你啦！」

老婦人換了截然不同的語氣，非常的客氣，又有些過分壓低嗓門的輕柔，但是關心急切之情，仍然一聽就清楚明白。

「阿嬤！外公是不是真的很喜歡坐車？」

這時候才聽出來，原來老婦人身旁帶著一男一女兩位小朋友，一直安安靜靜的不出聲，能夠那麼長的時間不出半點聲響，是睡著還是嚇呆了？

「小孩不要講話啦！阿嬤先跟阿公講一下！喂！我跟你講，你怎麼這麼難搞嘛，你知道你又坐錯車了嗎？你現在到哪裡你知道嗎？你乾脆回花蓮去算了，你的藥都在我這裡，你手機的充電器也在我這裡，我去新竹，趕快回去就是了，你不要隨便亂call嘛，等一下沒電了，你怎麼辦？我有拜託隔壁的小姐，你聽她的話，不要急著下車，等你到花蓮再call我，會找人去接你……」

每一次搭火車或捷運，都有一種千萬要避免搭錯車的自我提醒。這一回，親耳經歷了一場搭錯車，又接不到人，主角又換搭列車，最後竟然返回原點的故事。我想像著老榮民孑然隻身一人，站在寒風中佇候親友接送

的畫面，禁不住一陣無法抑遏的泫然……

火車已經過了車站──
旅客已經錯過了目的地──
我的歲月是誰未完成的旅途？
回首千里塵煙凌亂的腳步……

七星潭畔的行吟——寫給女兒

　　從三芝的默華軒到花蓮的七星潭，距離究竟有
多遠？

　　從台灣的桃園中正機場，到美國加州的洛杉磯
機場，距離究竟有多遠？

　　從童年的愚昧無知，到了妳高中赴美唸大學，
到妳大學畢業換三個工作之後，自主經營的二十一
世紀超級豪華婚禮，究竟又是經歷了多久的奔馳、
尋覓探索和冒險、體驗？

　　台北縣三芝鄉的拾翠山莊，爸爸的書房邊，特別為
妳和妹妹各自留了一間臥房，也特意擺設成大學生還在
唸書，唸經濟和學音樂不同風格的陳列品。當然最主要
還是陳列一些妳和妹妹在台灣應該要唸的書籍和雜誌。
沒想到妹妹回來兩個星期，僅只是短短的逗留了兩個晚
上，其他的時間都在基隆的和平島海邊，宜蘭的羅東運
動公園，蘇花公路途經的南澳農場、原生植物園區、花

蓮的七星潭畔、黑森林步道、柴魚博物館、南濱公園、和
南寺佛教藝術館、和三仙台國家風景區等匆匆迫迫的度假
行程之中。

　　更沒料到的是，妳回台灣結婚請客，只安排短短的
七天行程，中正機場回到第一次造訪的三芝鄉，就是你
的婚紗攝影之旅。當然，海灘梯田和名人館的白沙攝影
之旅，是非常累人的，舊金山總督溫泉的簡餐，野柳女
王頭風景勝地的駐足，都只是短暫的停歇，誰都不想錯
過的台北101高樓、中正紀念堂、微風廣場和永康街夜
市，大概真是走馬看花的旅程吧！

　　還停留在究竟要在台北的福華或者圓山飯店宴客的
討論情緒之中，回加州Fullerton的公司上班的電話鈴聲，
已經響起來了。如此匆忙急劇的腳步和節奏，當然是戰
戰兢兢，臨深履薄的心情啦！新郎修果真的是修身養
性，果斷決然兼備的好脾氣好性格。妳是因為近鄉情
切，意興豪發的緣故吧！難免有些為小事計較爭執的脾
性，我相信回到洛杉磯的旅程上，妳就已經感到萬分的
懊惱自責了吧！

　　所有衣飾妝點都是微不足道的！所有的討論對話或
議論爭執，都是過眼雲煙！重要的是，妳從太平洋東岸
的加州海灘，遠渡重洋飛越了超過一萬公里的路程，來

到了太平洋西岸的七星潭海灘以後，一海之隔，遙遙相
對，但是我們父女彼此都知道，太平洋的東西兩岸風景
截然不同。你們例假日可以從Seal Beach到Huntington
Beach到Newport Beach, 意猶未盡的話，還可以再去到
Laguna Main Beach，一路走到Dana point Harbor，我們則
從宜蘭到頭城沙灘，到蘇澳的內埤海灘，從南澳的神秘
谷海灘到七星潭海灘，意猶未盡的話，還可以選擇奔馳
向三仙台，台東的太麻里海灘，遙想著整個太平洋，就
像是我們家後院的超級大池塘，四周的風景都是我們家
園的景緻。我們全家分別繞著太平洋這個大池塘的周圍
奔馳疾駛，想起來是何等的豪邁氣魄！

　　你們在花蓮新城精舍的短暫停駐，來無影而去無
蹤，但是感覺還不錯吧！

　　　　聽經要一路走去，
　　　　聞法要馬上接受，
　　　　做志工要無怨無悔，
　　　　趕法會要任勞任怨，
　　　　動時渾然忘我，
　　　　靜時朗然自照，
　　　　辦事要認真從容──
　　　　行善要義無反顧……

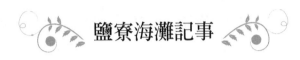

鹽寮海灘記事

播種當播菩提種

除草務盡業障草

鬆綁需鬆固執綁

灌溉當澆清淨水

施肥添增智慧果

耕耘勤植菜根香

這一趟去鹽寮海灘，明明純粹只是想邀請歐紀復到校，來談他那本《儉樸的海岸》專書，但是一路上，卻一直在想著妳和妹妹在加州的居家情形。

妳爲了加州高速奔馳安全上的考慮，開一部CRV五人座的休旅車，妹妹爲了教長笛的奔波往返便利性，租了一部最新款的Honda雙門跑車，我爲了台北——花蓮往返所需，開的是Toyota Alttis轎車，最最節儉惜福的媽媽，偶爾開那輛1.3的social老爺小轎車，那可是當年接送

你們上學放學的平民車。十幾年了，性能還具備一定的水準，常常想到爺爺奶奶小姑姑和叔叔，都是一輩子沒有車的那個世代，我們一家四口四輛車，可真是絕對的現代摩登都會上班族呀！

鹽寮的沙灘礫石，和Newport beach的黃金沙灘截然不同，台灣的地質景觀有其獨特性，妳沒時間參觀的月洞裡，冰柱狀鐘乳石、蝙蝠群、滴泉石、筍石柱和石幔，都是非常難得的奇景，你所熟知的蕈狀石、燭台石、蜂窩岩、野柳女王頭和潮池壺穴等地形，在加州的海灘還真難見到，但是強盛富貴的美國加州海灘，全球的旅客多麼的嚮往，台灣的東海岸風景，壯闊與秀麗兼具，豪邁粗獷與細緻典雅同時存在，卻是國際旅遊界公認的最被忽略的風景勝地，成為妳主觀上鳥不生蛋的荒蕪海岸，真是令人沮喪洩氣——

妳自己一個人會去Newport pier逛一圈嗎？

我從來不曾單騎疾駛去鹽寮沙灘！

我也相信闃寂無人的月夜，Huntington Beach就是眾人忽略眾神默默的荒蕪之地，深夜兩三點打烊以後的Shopping mall，一家家服飾店站立著一尊尊華美的模特兒，一定是陰森恐怖令人沮喪膽戰的荒涼世界。

年輕青春的妳在經過牛山呼庭的路途上，因為勞累

而沉沉的睡著了，和疲憊勞累的我在赴洛杉磯機場的道途中睡著了一樣，週遭的一切就都成為過眼雲煙，無憂無掛、自在淨澄，誰管他峰迴路轉，誰在乎柳暗花明？

想想歐紀復在鹽寮海灘的孤隱生活，十幾年來卻有幾萬人造訪他的心靈淨土，想要短短體驗一下，他那簡樸原始、無水無電、與世無爭而輕鬆自在的生活。他揀的石頭簡直無法和那些雅石協會的人的收藏品相比，卻自得其樂；揀的野菜在菜販眼中，都是可以丟棄的，卻另有一種人棄我取、充分利用天地間的資源的理想境界。只是他離禪宗「不立文字，意在言外」的境界還有

天寬地潤，海景天然

一段距離，還有幾分士大夫虛矯的習染，就是要出書來
肯定自己的生活。相較起來，我對遠在加州的你們總是
念念不忘，真去到加州的時候，卻又說不上幾句話，大
概這就是我執深重、觀照淺薄，對於緣生緣滅，仍然存
有太多的想像和憧憬，不能定靜安慮，捨父女情緣如浮
雲的一種自我救贖和煩惱障礙吧！

　　達摩西來一字無

　　全憑心意用功夫

　　希望妳真切的體悟知足常樂

　　希望妳深刻的瞭解隨遇而安

　　希望妳認真的體會當下醒悟

　　希望妳誠摯的瞭悟續緣造福……

人間淨土靜思臺

野菜火鍋樂開懷

甚麼是人間第一美味？

有些人對北京烤鴨讚不絕口，有些人對天津或上海的包子情有獨鍾。妳爺爺譽溫州大餛飩是人間第一美味，幾次帶朋友吃永和燒餅油條鹹豆漿，他們都讚不絕口，多少次和朋友在鼻頭角澳底喫海鮮，大家也不停的讚嘆九孔、石斑堪稱人間第一美味。不過我一向覺得，濃濃的友情之湯、友誼之餅、懷舊的海鮮味，才是真正難得的滋味。

導師時間的安排，從和平島郊遊烤雞腿，到碧潭環山產業道路漫遊吃簡餐，從在家包水餃，到貴族牛排館開班會，從168元喫到飽的迴轉壽司，喫到250元無限暢飽的可利亞火鍋……大概覺得缺乏新鮮感吧，後來總是設法逃躲開導師活動有關的餐敘場合。覺得一年裡，只有一兩個星期有空陪兩個女兒吃飯的老爸，似乎應該忙

碌到沒時間和青少年學生聊天才對，也眞的就這樣繁忙
綿密地安排著自己的行程。這些年，走遍了台灣的海角
天涯或窮鄉闢壞。好聽一點的說法，是校園巡迴開講，
但事實上，我知道所有的旅程，都是爲了彌補自己台灣
史地不曾修習的缺憾，沒去過知本溫泉，雙流森林遊樂
區的人，怎麼會專程探訪台東太麻里的金鋒溫泉或金崙
溪呢？許多道聽塗說如何如何的風景名勝，眞是百聞不
如一見，而許多名不見經傳的景點，獨具慧眼的人才能
夠欣賞和融入——

　　在花蓮教育大學和慈濟大學任教的日子，請導師班
的同學們吃野菜火鍋的經驗，又使我學習到一些嶄新的

田園野趣樂無涯

樂趣。認識野菜和藥用植物的過程，是非常緩慢也非常難得的經驗，大概初體驗要從炒山蘇開始說起吧！像高麗菜又脆絕綠極的滋味，比起紫色的芋頭蕃薯還要令人讚不絕口，看看它生長的情形，格外覺得一盤炒山蘇真是得之不易，有了惜福知足的心情，炒山蘇真成了人間第一美味啦！

香茅草、薄荷湯、甜菊夾心酥、麵包果、排骨湯、藤心或檳榔花炒豆干、龍鬚菜、紅菜麵線、茶粿、茶凍和草莓卷、香芹沙拉、紅莓汁或胡葡萄汁等等，都是令人讚不絕口的人間美食，而這些都只是伴著野菜火鍋的附加蔬果、點心或贈品，主角野菜火鍋的內容究竟是甚麼，就留給妳自己去發揮想像力啦！

花東山水自在行

台灣東部中央山脈與海岸山脈中間的狹長河谷平原，也就是花蓮——台東之間的台九線公路，是一條號稱「流奶與蜜之地」的綠色走廊。崇山連著峻嶺，有點遠而又不是真的很遠，從鯉魚潭經壽豐到新光兆豐農場，壽豐火車站前的古早甘蔗冰，是甜到令妳們難忘的滋味。兆豐農場其實宜於駐留一個晚上，看看農莊裡的山羊、白兔和孔雀，餐廳前的「不滿族」雕刻像，絕對有世界級的水準和象徵意義，凱旋門的設計，當然是附庸風雅的作法，卻也無傷大雅。

寧靜的溪口村，於妳們並沒有自由聯想的空間，和妳們說先總統蔣公是浙江奉化縣溪口村人的時候，妳們似乎完全不懂我在說些甚麼。從鳳林、萬榮到光復糖廠，沿途的田園風景，對於從小生長在都市，青少年的黃金十年都在加州的妳們而言，當然是非常難得一見的景緻，阡陌縱橫、桑麻稻米。季節對的時候，看波斯菊花園裡千嬌百媚，向日葵花園裡的太陽微笑，真的都是心花朵朵開的難得好風景呀！

　　秀姑巒溪泛舟的行程，太驚險刺激，因此我們只在北回歸線的標誌區喝水小憩，樹影婆娑、微風清涼，稻草人在林野中轉動搖曳的姿態，吸引妳們的目光，紅葉溫泉走馬看花，舞鶴觀光茶園略作瀏覽，我們直奔向玉里的安通溫泉，去探訪紐澳華山莊主人用心經營的一片天地……

　　經富里轉往泰源幽谷，我知道我們錯過了關山鹿野和卑南風景，也錯過了杉原海水浴場，水往上流的奇景，以及金樽眺望台的那一片美麗沙灘。但是我相信，日後一定會有闔家同遊的機會。南橫公路和南迴公路，

田園美景

以後一定會盪漾著我們全家的歡笑聲，清越昂揚，直上
雲霄……

　　三仙台的奇岩怪石，都在數說著天地之間傳唱久遠
的故事，走過三百二十階的八拱橋，看著珊瑚礁群的千
變萬化，海流與潮汐朝朝暮暮的相依相戀、相激相盪，
你們姊妹之間的一問一答和一爭一辯，似乎成了最好的
註解，永遠的喋喋不休，永遠的情濃緣深。石門洞下，
妳們的笑鬧聲，震動了沉睡多時的螃蟹吧！居然連石
斑、雀鯛和橡魚，都像海底總動員影片中的魚明星們一
般，生動活潑地歡唱悠游起來——

　　　　浪淘盡，千古英雄

　　石梯港的鮮魚湯令人齒頰留香，拙而奇藝術天地，真是別具慧眼的石癡最難忘的記憶。經磯崎海灘、芭崎眺望台、海天相連，雲山萬里的壯闊景觀，令人感到無限的暢快舒坦，蕃薯寮遊憩區，山高林闊、溪水清澈和靜寂清寧，都是異常難得的風景，想像著「無邊落木蕭蕭下，不盡長江滾滾來」的詩句，眼前真是無盡落葉隨風飄，不止的濤聲，無窮曠遠的詩情畫意，與妳們自在同行的旅程，真是非常非常的快樂行程。

誰綁架了妳的自由

妳是生而自由的，是誰綁架了妳的自由？

　　說「綁架」，指的是一種拘束和限制，媽媽愛妳，媽媽的愛便造成了一種拘束和限制。媽媽要妳從小學習音樂，無論是長笛或是鋼琴，都應該是使妳更自由更有創造力的工具，但是長久的觀察，我卻發現鋼琴限制了妳的思考，長笛妨礙到妳創意的發揮，姊姊婚禮上，妳堅持要吹奏一首別人聽不懂的曲子，說這支曲子代表妳的祝福，但內心深處，我始終深不以為然，我認為長笛妨礙了妳的真誠心意，長笛妨礙到妳和他人的溝通，我擔心妳將走向曲高和寡之路……

　　　妳在忙亂之中遺失了長笛的樂譜，
　　　更使我堅決的相信長笛綁架了妳的自由
　　　樂譜使妳無法自由自在，無拘無礙
　　　就像一個人偏愛某一種顏色

吹皺一池春水

那種顏色就限制了這個人的風采

我們想要經由顏色來表現自己創造風格

最後卻被顏色綁架了

年紀輕輕的，為什麼要偏愛一襲黑衣呢？

　　綁架一詞，是事涉犯罪的嚴重行為。用綁架一詞，
當然是太嚴肅太沉重的說法，我只是喜歡用誇張渲染
的詞句，表達內心深處的擔憂，因此忍不住要一而再、
再而三地問妳：

　　是誰？究竟是誰綁架了妳的自由？

　　妳是真正自由的嗎？

　　記得妳很小很小的時候，帶妳去幼稚園上課，當時就想要問妳這個問題：妳是真正自由的嗎？

　　每一個人小的時候都是自由自在的，想吃想喝想哭想鬧，就毫無顧忌的去做，還記得國際機場那個大聲哭啼的小女孩嗎？不舒服不暢快的時候，她就要大聲哭，誰說國際機場是個不准哭泣叫喊的地方呢！但是妳會在國際機場放聲大哭嗎？

　　人生真是充滿了憤怒挫折與失望，人生還充滿了害怕、恐懼、焦慮和悲苦煩惱，無論是上學還是工作，不論是晴天或是雨天，人生總是充滿了拘束和限制。大晴天可能曬昏了頭，下雨天又必須帶傘，否則淋得全身溼透。但是只要帶了傘，就有可能遺失雨傘，尤其活在一個出門搭車要錢，停車也要錢，想要和人說話打手機

學無止境

要錢，想喝杯水也要錢的時代，可以說是無錢不立，無錢無法維持生活與生命，人生真的是處處受到限制，時時刻刻都是受到限制。

　　許許多多的人，受到貧窮的限制。

　　更多更多的人，受到體弱多病的限制。

　　很多很多的人，受到錯誤的觀念和態度，錯誤的教育和文化的限制。

　　太多太多的人，受到錯誤的族群觀念，性別觀念的限制。

　　還有很多人受到不快樂的婚姻觀，沒意義的工作觀的限制——

當然也有許多人受到宗教信仰、倫理禮教的限制，雖然他們可能自以為樂在其中，但是和害怕老年或死亡等等方面的限制相比較，畢竟信仰是一種力量，是一種健康正向的力量。因此，誰才是這個世界上真正自由自在，無拘無礙的人呢！

　　希望妳真正的自由自在
　　希望妳真正的無拘無礙
　　希望妳真正的無憂無慮
　　希望妳真正的樂在音樂生涯……

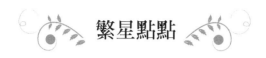

繁星點點

　　加州的星空和台北的星空，究竟相像還是不相像？

　　小時候的星空和長大以後的星空，究竟有些甚麼不同？

　　和爸媽在東海岸的星空下夜遊，或者和妳們的同學們，徘徊留連在加州迪斯耐樂園的夜空下，心情又是如何的不同？

　　妳的童年當然有說不完的故事——

　　妳的青春少女時期，一定也有著許許多多的故事，從國中到高中的轉捩點或關鍵期，誠然因為轉換環境的緣故，是妳陪著姊姊遊學加州，是媽媽陪著妳們在加州生活，是妳們母女三人齊心陪著外婆在加州過完她的餘生。外公和外婆的喪禮，我都沒有找出時間參與；也因為如此，爺爺的喪禮也顯得冷冷清清，也許是格外的冷

冷清清。但無論是莊嚴隆重的喪禮，或者是簡單清寂的喪禮，外公外婆和爺爺都化作天上的星星，他們無時無刻不在惦記著妳，關懷著妳，只是妳是否時時刻刻的謹記在心？

講這些的意旨究竟是甚麼？妳不可以明知故問，但是既然妳認真中仍有許多似懂非懂，那麼，下一段文字，就是絕對的困難又難於理解，卻又絕對的必要唸給妳聽的一段心靈詩篇啦！

> 心之本體，無起無不起。雖妄念之發，而良知未嘗不在。但人不知存，則有時而或放耳。雖昏塞之極，而良知未嘗不明，但人不知察，則有時而或蔽耳。雖有時而或放，其體實未嘗不在也，存之而已耳。若謂良知亦有起處，則是有時而不在也，非其本體之謂矣。

對於中文基礎不甚紮實，國二就開始在英語的環境中學習成長的妳來說，這一段文字的確是艱深難懂的。不過妳耐著性子，像小時候聽老爸唱兒歌，聽媽媽講解唐詩三百首的模樣，其實歷歷如在眼前。我非常樂意漸進式的，緩慢而有條有理地將這一段心學要旨解釋給妳聽，就像妳慢慢的彈著鋼琴，或是吹奏著長笛，完全聽

不懂的我，也是完全耐著性子，靜靜聆聽妳的詮釋呀！

　　其實所有深奧的學問，都孕藏著淺顯的道理，而許多簡易的道理，又可以延伸出無限的解釋空間。在加州和妳們一起過新年的時候，好像真的沒什麼話說，好像說的就不過日常生活中，喫些甚麼或買些甚麼之類的話題，言談之中還難免有些誤會或衝突。我記得有一次妳說，總不能為我們去了兩個星期，妳就得和妳的朋友們斷絕音訊兩個星期呀！剎那之間我知道，妳是真真正正長大了——

靜思堂前無言語

　　當年就是因為我覺得，不能因為妳們要成長，你們的成長需要父母親無時無刻的悉心照料，但絕不能因此而影響到我的工作和人際關係交往，因此才毅然決然地下定決心，讓妳們母女三人去加州陪外婆，也去留學和成長。因此妳氣呼呼地說要出去走走，要去看同學一下的時候，我知道，我已經成為妳生活中的不速之客。我深深理解那種Stranger in your life的感覺。

　　我只是很遺憾，覺得當年爺爺真的不瞭解青少年時期的我。而我也完全不瞭解青少年時期的妳，而且漸漸漸漸的，我也理解到妳的獨立自主和自立自強，和當年溪畔嬉遊嬌小無知的模樣，完完全全的不同了呀！

　　　　繁星點點，妳心裡的疑惑會不會如萬點星光？
　　　　皓月當空，妳生活中的節奏會不會如明月晴空，萬里無雲卻坦然明快？

　　回到台北，就直接趕回花蓮的研究室，接到人事室的團拜通知，極簡單極清晰的幾句話：

　　　　辭舊歲，迎新年，
　　　　感恩──
　　　　一年平安度過，除惡業，增善業；

發願——

大地不受毀傷、人人遠離苦海，

恆持一念好心，

成就永恆生命歷史。

　　妳在極遙極遠的遠方，想不想知道這一回參與新春團拜之後，我心裡的奇特清寧與靜謐感受？

新娘禮服

聽妹妹說，半年來你跑遍了南加州幾個重要的新娘禮服專賣場，卻仍然無法決定哪一件禮服是真正屬於妳的。

寬肩帶的？細肩帶的？無肩帶的？哪一件較好？

大紅色的？橘紅色的？金紅色的或者深海水晶藍？晴天青碧藍？或者頻果綠？香檳金？乳白色的？或者是透明薄紗型的？黑色神密薄紗的？有皺褶的？還是沒皺褶的？……

金馬獎一屆一屆的辦著，美麗的女星們，換著一件又一件不同程度的華麗、或高雅、或裸露的禮服，除了媒體記者小姐們，為了版面而不斷的講究和挑剔，究竟是誰真正記得誰穿過一件怎樣的禮服？

Demi Moore的一席豹紋無肩埃及風禮服，妳穿起來

一定更艷麗華貴，妳說那太貴了；Renee Zellweger 那一
套無肩低胸金黃色及膝洋裝，妳說妳沒有一頭金髮搭配
起來不好看，而妳的腰身比Renee Zellweger 略為寬厚粗
壯一些，一定不會好看；Melanie Griffith那一件緊身裹紅
長袍，妳說妳沒她那般高挑修長，首飾和皮包還要另外
去配購，太麻煩了；Cindy Crawford的那一套半透明魚紋
薄紗裙，Jennifer Lopez的碎鑽深褐色半透明薄紗禮服，
妳堅決的搖頭，表示根本不適合……我逐漸逐漸開始瞭
解，妳挑選新娘禮服這件事的複雜程度，遠遠超乎我的
理解——

　　女大十八變，妳是十八變之後的七十二變，正在逐
漸進行轉換，也頗為自然流暢的階段。作為十年來沒有
盡到父親責任的旁觀者，我只能默默的追隨著妳的腳
步，看著妳左挑右撿，卻總是不滿意，精挑細擇，仍然
意猶未盡的模樣——

　　真不確定妳自我接納的程度，究竟是百分之八十還
是九十，或者已經到了百分之一百？聽妳的笑聲非常開
朗，說起英文來的流暢自然，超乎我的預期，當然清晰
典雅的程度，我是很有意見的。但是後來發現，絕大多
數美國人說英文，都不重視清晰度，都不能深究典雅
性，我如何而能獨獨苛求於妳呢？另外，妳走路急切果

決的模樣，我相信妳很清楚自己的方向，更重要是，妳
開車自信堅決，對方向盤確實掌控操縱的程度，我知道
妳的確對未來和人生，都是信心堅定，期盼或抱負滿滿
的，希望妳永遠穩重踏實地勇往直前……

　　也許妳心目中的完美自我，是Nicole Kidman一般苗
條輕巧，金髮碧眼的造型，或者至少像Jodie Foster一般慧
黠精明和風情萬種，當然能像媽媽般的細緻輕靈，應該
是一種夢寐以求的難得特質；奈何妳偏偏遺傳父親粗壯
的骨骼架勢，不過在人高馬大的美國，真的身高體重都
不是問題，企圖心！決斷力！行動力！和妳的中文流暢
性，應該都是其他人無法競爭的吧？

　　我相信妳挑選了半年還挑不定的禮服，一定是因為
絕大多數現成的款式，都不能滿足妳東方古典的審美
觀，或許那是一種隱藏著的知識（Implicit knowledge），
連妳自己都不十分清楚。因此，等妳回台灣請客的時
間，再設法彌補一些心頭的缺憾吧！希望到時候，妳才
真正知道適合自己的款式，究竟應該如何的設計與剪
裁，更希望我們父女能有同遊江浙、蘇杭，造訪明湖大
山和綢緞廠的機會，說不定那時候我們父女對於新娘禮
服的看法，能夠和諧一致，能夠完美無憾，更能夠因為
心領神會，而有更多的瞭解和舒坦暢快……

妳來自何方？妳情歸何處？

廚房裡的缸碗碟盤，都是磨練心性

客廳裡的擺佈掛畫，都是面壁修身

花園裡的耕耘揮灑，都是覓道尋理

心靈上的煩擾起伏，都是反觀澄照

Sabrina & Hugo's Wedding February 3, 2007

Huntington Beach / Hilton Hotel

神聖的誓願在明天

太平洋畔的祝福

　　My dearest daughter小萱，小萱的dearest honey修果（Hugo），修果的respectable and honorable parent劉先生、劉太太，今天的伴郎伴娘，my dearest wife，大姊、大姊夫、二哥、二嫂、君緯和嫂夫人，各位嘉賓，大家好！（面向所有的貴賓）。

　　今天，我們帶著十二萬分感恩的心情，來參加出席和祝福新郎新娘的婚禮。兩年前，小萱和修果訂婚，沒想到小萱和修果從訂婚到結婚，打破了我們訂婚到結婚一年半的紀錄。我們是因為碩士論文的壓力，小萱和修果卻是因為我們從台灣到加州一萬多公里的旅程，距離太遠，修果和小萱又非常尊重父母們的意見，他們可能比我們還重視婚姻的神聖性，要彼此充份的瞭解和信任，完完全全的尊重和允諾，充分的自主和規劃（面轉向新娘新郎）。你們愛情長跑了六年，對未來充滿了信心，希望和夢想。在你們追求真、善、美的人生旅途

上，我們和所有的親朋好友一樣，隨時願作你們的後盾和支持，有夢最美、希望愛相隨，希望你們朝朝暮暮、緣深情濃、你儂我儂，永遠快樂美滿和幸福！

　　作為新娘小萱的父親，我要很慚愧的承認，自己在台灣教書，教台灣之子女或新台灣之子女卅年，卻有十年的時間，沒有天天陪著小萱小文一起成長。有人估計在台灣，栽培一個孩子到大學畢業，大概要花費八百萬到一千萬台幣。因此，現代父母親多半不願意生小孩。

喜樂開懷

少子化的趨勢，使台灣的新生嬰兒，從每年四十餘萬遞減到二十萬，學校關門、老師流浪、大學退場、教授流浪，都是三五年內可能的趨勢。但是修果、小萱，今天全世界最英俊魅力的新郎新娘，希望你們早生貴子、枝繁葉茂，修果的家族，才有可大可久的聲望和事業。

新郎修果是我認識的E世代青年族群裡，難得有為的好青年，修果就是修成正果的意思，修果有著獨立自主、果斷剛強、認真負責、精明練達的種種特質，如果我能夠充分完全的具備這些特質，我很願意努力讓自己成為一位將軍，或成為一位企業家、大總裁，就因為自知有所不足，才特別看出修果的特質。當然也要為我們的親家公、親家母，劉先生和劉太太道賀，你們的寶貝兒子，我們的半子，同時還具有知足、感恩、善解、包容的特質，也就是慈悲喜捨、誠正信實，慈濟大學精神的種種特質，我看到新郎修果，對小萱的淘氣任性、好強爭勝，能有所體貼諒解，比我對自己的太太還要寬厚，因此特別表示感謝與祝福。也要特別叮嚀你們，在未來的人生旅途上，要永遠相互支持、相互寬量、合心和氣、協力互助，共同攜手創造快樂幸福的美滿人生！

請攜我手

愛之殿堂任優遊

希望你們天天幸福，天天快樂

聖賢之道造端乎夫婦

小心翼翼的走向地毯的那一端

萱草紙卡和蛋糕花朵全部向著你們賀喜

新年新氣象是所有嘉賓對著你們祝福

婚姻生活久久長長而甜甜蜜蜜

快快喊出你們彼此的允諾和承擔

樂到最高點的「我願意為你，我願意為你——付出一切！」

講於2007.2.3 小女佩萱

於加州Huntington Beach Hilton 飯店的婚禮

雲山千萬里

常常想和你談一談登山的故事，主要的是因為仁者樂山、智者樂水，知道你有一顆仁厚寬量、善良慈悲的心，一定對山有著獨特的感情。而我最近登山略有心得，想到從小不喜歡登山，從小頑皮惡作劇成性的自己，不知道會不會改掉憤世嫉俗的火爆個性，學一學你的仁厚？！

小時候每一次提筆作畫，不論是我的家園或是我的夢幻國度，是青青草原或是萬紫千紅，總是難免要在深深的庭院後面，在萬谿奔流的遠方，在亂石崩雲的盡頭，努力加上一筆翠巒，雖然常常都是畫蛇添足之作，那時候就知道，自己不太懂得高山、遠山和朦朦朧朧的山景。直到閱讀了「愚公移山」的故事，想問老師的是：為甚麼要效法愚公呢？世代子子孫孫都虛擲在無意義的愚公移山行列之中，人活著為的是甚麼呢？

　　因此，剛開始登山的時候，覺得山眞的是龐然巨怪，總是禿禿凹凹，而又渾厚、又雄偉、又險峻的大怪獸，人只能在林深徑幽的羊腸小道緩緩蠕動。因此，走在仙跡岩的步道，覺得自己非常的笨重遲緩；走在小油坑的硫磺小徑，覺得自己像是一條炙得出油來的毛毛蟲，那種長在葡萄園裡的藤蔓之間綠色的肥蟲。在欣賞碧潭渡船頭對岸的山壁倒影之餘，才知道山也可以玲瓏有緻、清幽怡然。可是走在潭之鄉美之城，永業路繞回碧潭吊橋口的那一段路上，又覺得自己蠢笨遲緩，汗流浹背，非常的尷尬也非常的焦躁不安──

　　在平溪、菁桐、九份、金瓜石這一帶的登山經驗，因為一路想著採礦挖煤人的辛勞，因此老覺得人就像是「聯合縮小軍」影片中，潛入人體血管的潛水艇一般，山

蘇花道上不寂寞

的內臟血脈，就是一條一條的礦脈，血液精華就像是黃
金瀑布般的絕美而淒清，涓涓滴滴也好，源泉滾滾也
罷，總而言之，就是逐漸逐漸地掏空流乾，人類就是山
靈、山藥、山珍、山奇的掠奪者，一點一滴地搶劫掠取
著，無晝無夜，永遠的無止無境……

　　常想那些能夠開疆闢壤，將山坡開發成山莊、農
場、民宿、或咖啡館的人，真的是頗有勇氣，這樣一代
一代地開墾再開墾，不就是一代又一代移山的愚公嗎？
只不過自己活著的時候，聽到蟲鳴鳥叫，看到晨曦夕
陽，土石流之後若干年，再有一批人冒著同樣的危險開

天海奇景誰真識

墾再利用，人們只看到土石流，能看到造山運動嗎？移山填海，精衛填海，精神誠然可佩，但是為什麼全球溫度會逐漸的升高，和開墾山林無關嗎？因此，任何一段登山旅途之中，看到山居民眾種茶種水果，就覺得實在是大煞風景。那些老遠開車上山，卻在溪邊掏兩桶水洗車的人，雖然也是很笨，但又不比住在山裡，卻讓垃圾餿水從後院山坳直接拋棄的居民來的蠢笨惡劣，無論在烏來還是在梨山、合歡山、北橫、中橫、或是蘇花公路、澳花瀑布進去的小村莊，只能為相同的愚蠢感到憤恨難平，忍不住要高聲斥責，笨蛋！不曉得珍愛地球的笨蛋！

這樣說來，我從不認真體會登山之樂囉！

說起來真是既嚴肅又傷感──

不論是上佛光山、去中台禪寺、訪靈鷲山、還是走草嶺古道探魚路小徑……，余秋雨的問題不禁油然而生，「我本以為進山之後，可以找到李白、蘇東坡，他們一心想在山中安家的原因，為什麼這個原因離我更加遙遠了呢？」

我的確希望能夠找到許多人熱愛登山的原因。十岳百岳不足為奇，還要登遍全世界的名山大山，還要征服世界第一高峰──埃佛勒斯峰。但是一次又一次登山的

經驗，我知道他們的熱忱和原因，可能是我永遠無法
猜解的謎，這個謎隨著時間越來越膨脹，也越來越迷離
而難解——

　　　登高一呼，山鳴谷應聲稀微
　　　舉目四顧，寂天寞地影淒清……

奔馳

　　假若你是常常奔馳在高速公路上的上班族，在車流之中漂浮穿梭，是得心應手的資深駕駛，你一定希望某些音樂能夠伴著車速，行雲流水之中，讓你眞正感受到身心靈合一的統整和喜悅。譬如「飛狼」影集中的樂章，從撥動引擎到展翅高飛，從急駛奔馳到穿透雲霧，追逐風雲，就像是追逐自己的夢想，不管別人駕駛的是「笨死」（賓士）還是「呻飽」（紳寶），是「噁吐死」（altis）還是「摔碎啦」（cerfiro），你只是心無旁鶩的敞開全部的神經細胞，張著雙眼雙耳和隨著抑揚頓挫而調整的嘴型，全神貫注的開展著一段無盡的旅程……

　　音樂創作者有著絕對的創作自由，所有的快樂與悲傷都可以譜成曲子，所有的故事或傳說都可以編成樂章，歌聲永不停歇。但是手中握著方向盤的人，卻沒有自由的權利，不能想快就快、想慢就慢，而是可快才快、當慢則慢，不論你是如何的心急趕路，其他車輛、

號誌和警察可是毫不在乎，如果是走在省道、縣道或是鄉間田野、產業道路，駕駛的限制可就要更多上好幾倍。公車、計程車、腳踏車一族裡，多的是橫衝直撞之徒，連行人陣裡都有許多瞎了眼睛走在十字路口的族群，法律責任、道義責任或是良心等等，對於駕駛造成的限制，逼迫著所有的車輛循規蹈矩、戰戰兢兢、戒慎恐懼。連最心不在焉的人，一旦方向盤在握，立刻嚴肅認真了起來——

　　全神貫注認真緊張的車流之中，難免還是會有閃失碰撞，大概都是因為缺乏心中一首歌曲的節制和約束。但能跟著心靈的旋律，或快或慢、或急或緩都好，慢慢悠閒的曲調，使你永遠撞不到前方車輛，只要不被後頭冒失鬼撞到便好。急速飛馳的節奏，使你永遠不用擔心後方的車輛，只要看準前面的隙縫，穿梭自如便是。左右兩邊的車輛，儘管可能節奏不同，曲調不一，只要方向燈使用得宜，基本上是平行線，沒有交集地向前奔流，大家相知相期、相信相忍，都是天涯落跑，追趕時間的人啦……

　　　　一石一世界，一花一宇宙
　　　　在你的手掌之中盈握無限

讓剎那之間的美感成永恆

今天的人則是一扇窗開啟一個世界

駕駛朋友則是一輛車奔馳一個宇宙

千萬別讓瞬間的激動昂奮成為永恆……

向左走？向右走？

　　在學校裡辦演講活動，邀請的講座如果是極端的女性主義者，狂熱的左派或右翼份子，天真的自然（裸體）主義奉行者，犀利的批判論者，道貌岸然的道德先生，財大氣粗的霸王型企業家，或是性騷擾傳言不斷的風流作家……大眾的反應是欣然接受，無可無不可？還是冷淡忽視？或是強烈的表達抗議？

　　贊成採取開放政策（open-door policy）面對所有講座或專題的人士，認為從言論自由的觀點而言，任何人有權利對任何主題自由發表意見，似乎是不證自白的。基於理性的探究，真理的探索以及人類進步的追求，法律都應該明文的保護言論自由，學校裡的教師們和大學裡的教授群，當然都應該懂得維護言論自由是必要的。因此邀請誰來擔任講座主講者，只要和平理性的表達，任何言論的發表，都應該是不受限制的。

　　更進一步的觀點則認為，既然學校和大學都是追求

知識，探索眞理，尤其是傳授知識眞理的場所，那麼所有的知識、觀念、理念或理論，甚至包括信念價值等，都應該是眞正的、合理的、經得起正反雙方面的論述或驗證的。因此禁止正反不同意見的自由表達，便是走向專制獨裁的錯誤道路，尤其違背了獨立思考與獨立判斷的精神。特別學校裡需要培育的，正是對尖端爭議問題的敏銳思考與判斷，更應該較其他機構容忍更多的言論自由。

不過從質疑或反對開放政策的觀點而言，既然是知識眞理的殿堂，當然就應該以從事知識探究，學術眞理之探索的學術人員，或學術有關的專業爲原則，不能運用學術的語言規則或典範的政治或宗教人物，尤其他們談論的是與學術無關的政治或宗教議題，則理所當然的應該摒除在邀請的行列之外。因爲他們既無意於學術眞理的探索，同時他們原本就不是學術行業的一份子，尤其如果他們平常的發言風格是武斷的，充滿偏見的，誇張渲染習以爲常的，大家公認其公平合理的程度是有所爭議的。當然這一類人士並非絕對不宜進入校園，較爲穩健穩當的作法，是單獨的主題演講未必適合，但是論辯對話的情境之中，他們卻是不可或缺的角色，從尖峰相對，極左極右的論辯比較，對眞理的探討相信會是有

所助益的。

　　單獨邀請立場偏頗的政治人物演講或宣揚其理念，是誤用了大學殿堂的知識真理或道德價值權威性。尤其大學崇尚的是相互尊重，信任和善意。因此允許帶著種族偏見，政黨色彩或宗教歧視，性別偏見，價值錯亂的政治人物，在大學殿堂裡高唱入雲，是貶低大學水準的鹵莽選擇，不可不慎。事實上，希特勒在德國的崛起掌權，當年為他搖旗納喊助長聲勢的大學教授群，推波助瀾假學術中立之名，讓希特勒自吹自擂，向青少年學生洗腦，甚至於招募新黨員，總而言之都是難逃共犯或幫凶之責的。

　　特別是從學生的角度而言，學生可能對某些特殊立場的主講者心懷戒懼，他們充滿了好奇，卻又極度的懷疑不安。如果學生非常單純、幼稚，脆弱得不知道如何自我防衛，成年權威者其實有義務為了維護學生的受教權益，而作出防制異端邪說偏見等蠱惑人心的具體措施。而非放任縱溺，任令學生接受邪說淫辭的狂風暴雨。孟子曰：*詖辭知其所蔽，淫辭知其所陷，邪辭知其所離，遁辭知其所窮。*能夠看透詖淫邪遁之病的成年權威者，不能息邪說、正人心，當然只好聽任世衰道微，邪說暴行橫行啦！

　　用帶著種族偏見的言論煽惑人心，和研究種族偏見問題是截然不同的。研究種族偏見的教授，當然有和種族主義者做朋友的權利，但是邀請種族偏見者到校園做專題演講，分寸的拿捏上，就確實有可檢討的空間。不過舉辦多元文化論壇時，邀請不同立場的意見領袖對話論辯，卻是大學論壇之中應有的作法。如果純粹爲了避嫌，在論壇之中刻意排除立場尖銳的觀點，反而是喪失了超然客觀的中立角色。簡而言之，危險偏頗的言論，絕不會因爲我們閉上雙眼，就從此銷聲匿跡。讓邪說異端在大學的眞理殿堂之中，接受公開的論辯檢證，可以說是大學當仁不讓的責任。

　　台灣的電視台表面上對政黨代表依比例安排時段，輪流邀請不同立場的名嘴談論國家認同問題、財稅金融問題、教育政革問題等，其實很難做到眞正的公正公平。尤其名嘴穿梭趕場，形成新的言論壟斷。報章雜誌對於平衡報導的處理，多半著眼於形式，而未能探究實質上的平衡。尤其大師不屑於接受讀者聽眾的挑戰批評，眾名嘴則爭相插話逾時，干擾或抗議的動作不斷，對於「言論自由」或是「眞理愈辯愈明」，都是不良的示範。而選舉期間，爲了支持特定的候選人，藉機邀請蒞校專題演講的作法，亦是大有可議、可受公評的安排。

如果能以論壇的形式，平衡邀請不同政黨的人士同台論辯，接受同學的提問詢答，當然可說是較為中立公允的民主法治機會教育。但是參與論辯的都是以政治語言、情緒語言，選舉語言操弄群眾情緒，不能以客觀比較，深刻分析，意義詮釋的學者風範，贏得學生選民的認同，無疑又是對於知識或真理殿堂的大學，再一次的折損和傷害。

總而言之，大學敞開大門，歡迎各類新穎或特異的、甚至於極端的觀點進入校園，從豐富知識的、真理研究的、視野內涵或寬廣博厚的觀點而言，是正確的選擇。另一方面，大學拒絕邪說歪理進入校園，把非關學術能力、興趣和真理論辯的觀點，摒絕於校園門牆之外，也不能說是有損於學術的自由或言論自由，只要能夠明辨慎思，莫將可能豐富學術研究或真理論辯的議題輕易封殺，不要把研究種族主義和同性戀問題，等同於種族主義和同性戀就好。若干年前大學生倡議成立同性戀有關的社團，大學校長認為研究或探討同性戀問題而成立讀書會，或是成立學術性的社團是可接受的，但是有關同性戀聚集實驗或體驗之類的活動，大可不必，便是非常明智理性的說法。

奈何事未易明，理未易察。究竟採取開放的政策，

或是嚴格執行區格排斥的作為，取決於決策者觀察分析和情境理解的程度。新聞媒體的揣測猜度，批判評論觀點的事後諸葛，或者是事過境遷之後冷靜理性的分析比較，對身歷其境的決策者和參與者而言，其實都是死生有命，富貴在天，多言何益？！

　　貞士無心徼福　天即就無心處牖其衷
　　憸人著意避禍　天即就著意中奪其魄

　　莽莽蒼蒼浩瀚無垠的知識森林學術闊海之中，天行健，君子自強不息；唯有積沙成塔丘，集腋成裘，小處不滲漏，暗處不欺隱，末路不怠荒，困窮非桎梧，隨事警惕，隨時勤懇，恆毅有為，操履嚴明，隱居校園研究室或實驗室的知識份子，是超絕於天地之外，透達於名利之中的詠吟風雅之士，當然對於學術自由或言論自由的分寸拿捏，能夠精準確當，對於知識真理和價值規準的判斷，能夠中肯掌握，切實詮釋之。

後記

　　二〇〇七年九月二十四日，伊朗總統阿瑪迪斯尼杰應邀於紐約哥倫比亞大學演講，哥大校長柏林傑身為東道主，卻在介紹演講貴賓時，豪不留情的指責伊朗總統是「小心眼又殘忍的獨裁者」。向左走，向右走，有緣人

最終仍會相遇在一起；向前走，向後走，有福人最後仍
會相逢在一塊雲的頂端。當時伊朗總統也反唇相譏，指
出當年納粹屠殺猶太人，被以色列當成荼毒巴勒斯坦人
的藉口。此一演講前後引起的抗議，示威和反彈爭議，
恰好為本篇靜思閒想，做了個最好的註腳。在七星潭畔
冥想「向左走，向右走」之類的問題，絕非無地放矢。
我的心靈和大腦，始終在大學殿堂的上空徘徊留連⋯⋯

　　向左走，向右走，有緣人最終仍然會相遇在一
起，

　　向前走，向後走，有福人最後仍會相逢在一塊
雲的頂端。

　　向東走，向西走，有情人畢竟能夠相知相惜，
相聚相談⋯⋯

　　向南走，向北走，聰明人最終一定能夠找到真
理之路——

　　　　牛山呼庭

課發會中的想像

學校教育究竟目標何在？

達成學校教育目標的途徑爲何？透過怎樣的教
學和課程教材，才能眞正達成學校教育的目標？

評量學校教育目標是否達成的依據或規準何
在？

事實上影響學校教育目標是否達成實現的因素繁
多，學生的需求，家長的意見，教師的判斷，學校行政
人員的解讀，學校行政督導人員的看法，和學校教育問
題研究的專家學者們，對於問題的診斷和處理問題的方
式，可能各有所見，各有判斷而互不排斥，也可能互有
主張而堅持執著，不容忍其他意見或批評。學校與社區
相處和諧的社會，和學校與社會競爭對立的文化中，對
於學校好壞的評價更是南轅北轍。再以學校課程爲例，
究竟如何選擇學校或設計學校課程，課程發展與制定歷

程中的哲學基礎，心理學基礎和社會學基礎如何的交互影響？親、師、生對於價值因素，品格判斷，生涯計畫方面的選擇，亦具有舉足輕重的影響。從傳統的觀點著眼，和從未來的局勢著墨；從靜態的結構規劃，或是從動態的影響設計；呈現出來的教材會是截然不同的形式。當然委請學者專家主導的課程教材，和委由學科教師編選設計的教科書，對於學生學習的影響亦有明顯的不同。公正無私的政府單位，和將本求利的民營公司，編製的課程教材，基本上的差異是非常明顯的。

學校本位（school-based）的課程發展，雖然蔚爲流行，卻其實眞更凸顯出課程發展的問題重重……

下列外在的因素均須愼重評估：

文化的因素：社會變遷的因素和社會的期望等，父母親，企業雇主和社區的意見，尤其是時代趨勢，意識型態因素等。台灣近十餘年的情形尤其明顯。

教育系統的要求標準：譬如近年來的多元入學，托福或全民英檢，或多益測驗的指標意義，教育學術研究方面的想法，國際教育指標之比較，以及政府部門的要求等。

課程教材本身的改變或問題：譬如近年來民間編輯教科書中，涉及的內容或品質、價格因素，以及行銷競

爭之策略不同所導致的詰難批評等。

　　師資培育系統的贊成或反對意見：包括大學校院甄選人才的標準，教師在職進修、教師研習或課程諮詢的重點等，都會具體而微地反映在課程發展的歷程之中。

　　至於影響課程發展的內在因素、簡列如下：

　　學生因素：諸如分班的情形、學生身心發展的程度，社會或情緒智商的發展等。

　　教師的因素：諸如教師對課程發展和教學方式上的興趣，期望或態度等，當然教師本身的知識能力是不可或缺的。

　　學校的組織氣氛：包括教師的工作滿意，環境設備、制度上的激勵措施，倡導與關懷的重點等。

　　對舊有課程的知覺與判斷：學校空間，電腦管線或專門教室的規劃設計、實驗室運用成效等。

　　前述的內外在因素，交互影響的程度，還受到教師哲學知識基礎，心理學知識和社會學瞭解程度的影響。以教師的哲學知能基礎而言，知識論、價值論或倫理學的內涵，以及心靈哲學等，都會影響到課程目標、目標的關連性或緩急順序，以及課程的結構等。如果教師自己承認對於哲學的素養不足，不論真假都會影響到課程的發展。但即使教師對於哲學嚴重的匱乏或無知，每天

仍然要根據其哲學信念或假設，而從事教學的實務工作。在師資養成或在職進修階段，哲學知能或涵養的充實究竟重不重要，眞是耐人思尋。

　　心理學是描述，解釋和預測人類行爲一門學問。心理學中有關青少年的發展，人類思考或判斷的研究，學習的理論、學習的條件、教學的有效方法，記憶或遺忘的理論，學習動機和興趣、遺傳和天賦、以及教師和學生的溝通評量，人格測驗等方面的知識，都對課程發展與建構的影響深重。至於社會學的知識基礎方面，諸如社會變遷的理論或趨勢，社會和諧或衝突的理論，社會經濟地位的有利或不利因素方面的研究，以及教師角色聲望，學校與社區互動方面的知識等，亦都是影響課程發展不容忽視的重要因素。

　　影響課程發展各項因素的交互影響關係，決定課程發展的模式。目標模式（objectives model）是以目標爲主軸的線型（linear）模式，無論課程內容，課程發展或課程評量，取決於課程目標的模式。而交互影響模式（interaction model），則是各項因素往往返返相互影響的動態（dynamic）模式。動態的交互影響模式中，把握到關鍵的主軸，則其中可能也有線型的發展歷程。事實上，所有的學校在學校本位課程發展的歷程之中，可能

　　未必有意按照一定的模式，發展和建構學校課程；種種的試探，錯誤和魯莽盲動，在所難免。如果師資培育機構，教師在職進修部門和有意於課程革新的學校行政團隊，能夠敏感自覺，主動檢省課程發展歷程中可能的影響因素，批判弱點，補救缺憾的因素，發揮優勢的條件，那麼學校本位課程革新歷程之中，「暫時性的混亂現象」和個別的嘗試努力，無法彙整為整體的革新與進步等現象，定然能夠得到改善。

　　總而言之，傳統的課程計畫、課程設計與實施，均是依循由上而下、由中央而地方的模式，由教育部國立編譯館約集學者專家，組成課程編輯委員會，發展課程教材編製成冊後，分送各中小學供教師使用，為恐教師對於學科知識與教學方法之不足，尚編有教學手冊供教師參酌運用。教師的課程與教師專業實踐能力，其實是非常受到限制的。隨著社會的開放多元，異質分化，以及社會政治上的自由化、民主化、自主化與個人主義的發展，課程決定、課程設計、課程的實施及其評鑑等，在「教育鬆綁」、「權力下放」、「學校本位」、「教師自主」的潮流之中，課程的結構重組與價值重建，面臨嶄新的情勢及挑戰。未來各校在從事學校本位課程革新的努力事項上，應該把握的重點事項，簡列如下：

　　課程目標方向：除了博雅人文的目標之外，行為目標是否適合？是否能將學習的結果、學生表現的條件或績效，或是學習成就的標準具體陳述，逐步達成？如果目標的範圍或內涵允當，包括所有可欲的學習結果，適合時代的趨勢，滿足國家的政策要求，且能銜接不同學制階段的發展，清晰明確……當然便能有效地建構合宜的課程。

　　課程內容方面：依照知識系統或是學科的邏輯，而能發展完整的架構，涵蓋充分的主題理論或概念，同時切合學習者的身心發展需求，滿足學習的興趣，尤其是能夠兼備理念系統和生活實際效用，又能激發下一階段的學術興趣或知識基礎的教材，才是合乎學校本位課程革新精神的有效內容。

　　課程方法方面：能夠決定一套課程的格式或體例，採取一套涵蓋周延的模式，兼備認知、情意、技能領域的統整，或是符應多元智能開發（multiple intelligences）的架構，或是參酌認知、理解、應用、分析、綜合、評鑑的分類項目，而安排設計的學習活動等，均能提供不同的學習類型，達到增進學習興趣與效率的理想。

　　課程評量方面：評量的主要目的，在於提升教學的品質。因此形成性和總結性的評量要能兼重，評量的規

準程序及步驟宜能力求清晰，尤其評量和教導與學習之間，應維持統整有機的關連；教師在教學過程中的評鑑，是作為探究學生學習困擾或檢證教材難易的參考，如此方能真正有助於未來的單元設計。

當然課程的發展與設計，如能從學生本位，生活中心，科技整合，師生協同合作的角度著眼，教師的角色必須由聽令執行，照本宣科，轉變為主動設計，研究發展新教材；尤其要從疆界分明的「學科知識」，轉化為統整創新的「領域」，教師專業成長的關鍵繫乎此，教學得失榮辱的關鍵亦繫乎此。學校革新成敗的關鍵或核心，

靜思無限好

其實全繫乎教師的一肩承擔與一念之轉。

　　你是樂在承擔天下道義是非的強者？

　　或是鄉愿敷衍躲躲閃閃逃避推諉的弱者？

　　取決於作為教師的你一念之間。

　　你是在職盡責的良師，

　　或是平凡平庸微不足道的庸師，

　　取決於志為良師的你一念之轉。

暖陽春曉

你在暖暖實習試教的日子裡，不知道是否天天感受到春風暖陽，處處充滿了溫馨與關懷？

說好了要早一些到學校去看看你，去到基隆那個多雨而潮濕的港埠，但是暖暖似乎應該例外。猶記得以前到基隆教師中心去授課的種種，幾次都是暖陽和風，人來人往笑聲不斷的學習樂園。因此想像著在暖暖實習，體驗為人師表之苦樂相參的妳，大約是苦少樂多，歡笑的時光總是多於煩惱憂傷的時候才是。從暖暖交流道下去，過暖江橋轉到暖中路，如此一條狹窄的登山小徑，開放車輛行駛，行人就無法悠閒散步，享受且思且走一路行雲的樂趣啦！

學校的空間真是做了充分必要的配置和運用。如果作為小校小班的標竿學校，優美的學校庭園，優質的暖暖區精英學生，在這裡藏、脩、息、遊。學校教師對於

學校本位的特色課程研發，能夠不遺餘力，尤其因為學校社區化，社區學校化的結果，學校教師對於暖暖聖壇的孔子紀念堂情有獨鍾，對於基隆河的生態，暖東峽谷、碇內公園、林務局苗圃、甚至於對於大基隆地區的中正公園，田寮河的開發利用，獅球嶺隧道古堡、古蹟和砲台等，勤於探索與踏查，認真瞭解和體悟深刻；進一步推而廣之，對於海門天險、檳子寮砲台、和平島和八尺門港的開發，八斗子漁港的發展憧憬無限……相信這樣子的學校本位課程，理所當然的能夠成為各學校的參考和借鑑。

　　你到和平島或望幽谷欣賞日出日落的機會，一定比我遠從台北趕到基隆，再穿越市區車潮人流來的便捷。可是，這兩三個月的實習生涯之中，妳在皇帝殿的奇岩區徘徊流連過嗎？

　　你知道和平橋畔的漁貨市場，和碧沙漁港直銷中心，漁貨的價格，有些什麼差距嗎？從教師是社會陌生人（social stranger）的角度想想，如果教師對於學生家長的教育程度缺乏瞭解，對於學生的家庭、社會經濟地位一無所悉，對於學生的家庭生活方式，生活習慣或興趣缺乏認識，如何而能編寫適當的課程與教材？

　　你認為這只是社會領域的老師應該關心的課題嗎？

事實上，語文老師，音樂和美術老師，自然和生活科技領域的教師，無一不需要對學生的背景有所瞭解。從小在漁村海灣潛水射魚的孩子，上學的時候需要加強游泳教學嗎？

又假設一位凌晨三、四點鐘，要早起協助老爸賣魚批菜的孩子，上課的時候注意力不集中，甚至於呼呼入睡，任何一位老師瞭解他的作息時間之後，還忍心指責他、處罰他，或者用冷潮熱諷的態度對待嗎？

這就是我主張所有的老師都要修習教育社會學，也都要知道家庭社會經濟地位的差異，的的確確影響到學生的學習表現。如果所有的教師都知道教育機會不均等問題的嚴重性，十萬教師上街頭的時候，就一定會有更清楚明確的訴求。如果當年提出的是教育經費、教學品質方面的問題，或者至少喊出「零拒絕」、「零體罰」、「零歧視」的口號，甚至於高舉著「百分百熱忱」、「百分百信任」、「百分百關懷」之類的自律自期標語，想像著那樣的畫面，將會多麼的令人感動！

因此，當我看到校園的空間有限，不敷利用的時候，忍不住反過來要檢討當年的小校小班政策等，究竟應該如何落實？看到二次招聯儼然兩次聯考的時候，也忍不住要問，多元入學的真諦是否妥當地掌握住了，或

者也只是一種形式上的調整？學生髮禁的問題，再一次引起討論的時候，我想「鬆綁」的意義真的又失去了焦點。尤其是看到學校營養午餐方面的問題，最直接的想法，就是家長會究竟功能為何？讓自己的孩子喫飽，也想到讓別人家的孩子喫飽，是家長的責任？社區的責任？老師的責任？還是政府的責任？

　　沒有辦法讓孩子的潛能得到開發，班級裡的教師當然要承當責任。不能讓學校教師專才專用，知識能力適才適性地集中專注於教導的事項，學校的校長當然要承當責任；不能讓學校的校長專心致力於辦學治校，環境設備水電教室等基礎的投資不足，基層教師的教學工作負荷過重，工作環境不利，主管全國教育政策和發展方向的教育部長和各司處主管，當然責無旁貸要一肩扛起全部的責任。

　　　星雲大師在佛光菜根譚裡說：
　　　過去的時間已悄然消逝，永不回頭；
　　　現在的時間如箭一般飛走，轉眼即逝；
　　　未來的時間猶在慢慢接近，擦身而過；
　　　當下的時間能夠即時把握，剎那永恆。

　　希望你在暖暖的日子，知道自己的責任範圍。盡其

在我，當下的分分秒秒時時刻刻，謹記得今天的實習老師，想要成為明日的專業良師，信念與價值，態度和行為，專業的知識能力和情操品德，都是同樣重要不可或缺的。不論在任何一個處室的行政實習，都是你生命中，難能可貴的一段學習體驗之旅。無論在「認識自己和環境」、「瞭解學生與班級」、「課程計畫與實施」、「教學設計與觀察反省」、「班級經營與師生關係」、「學習評量與命題技術」、「教材增補與作業設計」、「瞭解家長和社區資源」等方面，你能夠循序漸進恆毅有為地搜集資料，建立檔案，相信很快的你會體認到成為一位老師的自尊自信與自立自達。

靜寂的文化走廊

　　更希望下次到暖暖看你的時候，是學生成群的圍繞
著妳問東問西，鈴聲一響，又都能快速安靜的走進教
室。而你在講台上的自信滿滿口若懸河，學生們非常專
注又非常興致盎然，陶醉在你描繪的詩詞歌賦和文學世
界；而暖暖的風景秀逸，校園裡的庭園角落和樓閣庭
宇，洋溢著你的詩心詩情和文采想像。

成功的關鍵

在基隆的中正公園踱步流連，不想太早進到妳實習的學校裡面……

如此清朗幽靜的早晨，彌勒佛和觀音佛像，端嚴肅穆之中無限的慈祥藹然，觀海亭、長青樓都值得駐足流連，民俗館、忠烈祠和興隆宮，佛教圖書館都是最具特色的社區資源，稍微跑遠一點去到海門天險，二砂灣砲台，還是國家一級古蹟呢！不曉得附近的幾所國中小學，在九年一貫課程革新的教學創新潮流之中，有沒有嶄新的作法和突破？

比約定時間早五分鐘到學校正門口，大門深鎖，沒見到警衛室，也遍尋不到「喚人鈴」，連停在側門等候登山的朋友的駕駛都為我著急。說可以借我手機打到裡面找人，也建議我從另一邊的後門進去學校。可是後門依然鎖著，側門當然更是緊緊鎖著。我想起廿幾年前教

「教育概論」或「教學原理」的時候，都會提到「沒有圍牆的學校」（school without wall）。但是直到今天，學校依然是圍牆高築，鐵門鐵窗還不夠，鑑別卡、監視錄影保全猶嫌不足。其實學校裡最珍貴的寶藏，是大腦和心靈。用鎖鍊或鐵門鐵窗關住電腦或儀器設備的同時，會不會將大腦和心靈也鎖住了呢？

沒有操場的學校，感覺上真的不太像一所學校。但是如果懂得轉弊為利，如果懂得善巧迴旋，變化彈性，沒有操場的學校可以經營得看起來儼然是古色古香的書院。學生們安靜堅強質樸善良，所有的社團時間和體育活動，都能在開放的、探索式的，體驗的，冒險性的理念指引之下，有效的利用中正公園的開放空間，基隆港的整片藍海世界，和平島公園的自然探索和地質踏查之中得到彌補。尤其附近的早覺會場，太極拳教練場等，都是可以有效利用的彈性空間，真要設計大單元的學習活動，可以利用市立體育館進行協同合作的學習。但是，如果始終停在升學主義的傳統思維之下，學校再過一甲子還是依然相同的面貌。只有愈來愈老舊的教室和鐵門鐵窗……

妳的實習月誌裡，記載著有九月二十六日參與校內國語文競賽的事項如下：

1.協助修改國語文競賽辦法。

2.協助修改國語文競賽之比賽題目。

3.製作國語文競報名表。

4.繪製國語文競賽海報。

5.統整國語文各項競賽的報告名單。

6.製作國語文競賽題目籤。

7.製作國語文競賽評分表。

8.製作國語文各項競賽的流程表。

9.擔任國語文競賽國語朗讀、字音字形及作文評審。

10.國語文競賽獎狀核對。

實習心得的部分，妳言簡意賅的敘述如下：

　　這次籌備國語文競賽的過程參與頗多，從事前的報名表設計、流程規劃、海報繪製等文書工作，到當天擔任評審，及事後的評分工作，整個活動都有全程參與，相信此次的經驗，對於日後舉辦類似活動時必能得心應手。

　　而大學時因興趣而另外修習的日文，在準備教師節詩歌朗誦的內容時，也派上用場，頗有學以致用之樂。

　　還真佩服妳的心細如絲呢！能夠不厭其煩的將一項活動拆解成許多細緻的流程，逐項檢查執行的成效，真是品質管理裡最好的示範。許多人大而化之，天馬行空的高調，理想和願景不錯，卻看不到具體有效的執行策略。許多事情說著說著就變成無影無蹤啦！

　　希望妳永遠保持著一顆新穎、好奇、樂於探索嘗試，願意從小處著手的心靈。妳對於班級裡受到排擠的同學，課業壓力過大的同學，自我要求過高的同學，單親家庭的問題，都有詳明中肯的探討和深入瞭解，對於問題解決的處理方式，看得出來妳真是苦口婆心，面面

堂前春燕誰人識

俱到，殫智竭慮地想要在最短的時間，有效處理到最平
順、最和緩、最安定、最圓滿的程度。妳真的具有耐煩
耐勞追求完美的人格特質。

> 能耐煩耐勞的人，讀書一定能夠真積力久，
> 能耐煩耐勞的人，做事一定能夠面面俱到，
> 能耐煩耐勞的人，立身一定能夠堅強執著，
> 能耐煩耐勞的人，教學一定能夠細緻圓融，
> 能耐煩耐勞的妳，生活一定能夠圓滿幸福，
> 能耐煩耐勞的妳，未來一定能夠成功如意。

漁人碼頭的沉思

　　妳在漁人碼頭附近的學校，和當年我在南方澳漁港任教期間的那一所國中，究竟是非常相似？還是天差地別呢？

　　淡水是個文風頗盛的城鎮，近年來因為捷運的便捷，淡海新市鎮的開發速度頗快。淡江大學和淡江中學都是經營成功，特色獨具的學府。如果妳是從小在淡水長大的，因此選擇了離家較近的學校實習，會不會二個月、三個月的種種經驗與感受，覺得一開始考慮離家近一點，和一開始就決定離家愈遠愈好，會是截然不同的兩種心情、兩種體驗和領悟？

　　以妳對淡水的熟悉，對紅毛城、馬偕故居、淡水老牌阿給或三姊妹阿給，渡船碼頭的切仔麵、溫州大餛飩、阿婆鐵蛋和加味魚丸、魚酥、淡水祖師廟和淡水戲院，捷運公園，想必是瞭如指掌。如何教導國中生向來

到淡水的外國友人用英文導遊解說一番，就是一門大學問啦！

國內的語文教學，長期存在著難解的問題，無論是教師的素養問題，課程教材和教學方面，評量及運用方面，總而言之聽、說、讀、寫各方面都有問題。只聽不說，說不清楚，讀書不求甚解，不喜歡作文，辭不達意，言不及義等種種問題，都是語文領域的教師們共同的責任，但是老師群們願意面對共同的問題，共同承擔責任嗎？

說起責任意識，就想到這些年來流行的「都是他的錯主義」。教育部如果說都是太上教育部──教育改革審議委員會的指導；師範校院如果說都是民間教改運動過分強勢，過於蓬勃的影響；自由主義的教改人士，則又說都是保守的師範教育舊傳統的牽絆；學校行政團隊又說學校教師會的支持不力；學校教師則說社區家長的參與和熱忱不足；家長代表又說大部分教師推諉塞責的情形嚴重……所有的問題，不就都像是在泥濘的沼澤池裡捉泥鰍般的混亂失序嗎？

但是虛幻的責任意識，以天下國家為己任，先天下之憂而憂，後天下之樂而樂的責任意識，事實上也是無濟於事。如果妳的學生蹺課，跑到滬尾漁港的河濱公園

嬉遊鬧事，用彈弓或飛鏢射死了一隻小麻雀，我在旁邊
看到了事件的發生，卻袖手不管。對於麻雀之死，除了
心有戚戚焉之外，還能如何積極有為呢？

　　事實上，重要的還是當下判斷立即作為的勇氣，義
之所在，為所應為真是一種難能可貴的人格特質。不論
那個違規犯過準備射殺小鳥的中學生可能是高大粗壯或
是凶惡暴戾，不論我是年輕魁偉還是蒼老瘦弱，即時的
喝斥制止，都有助於悲劇的發生。如果我選擇了沉默或
袖手旁觀，我就是個怯懦畏葸的膽小鬼，就要為麻雀之
死負責。不是負一點點的責任，而是負責到底。這樣的
責任意識，妳不會認為太過虛矯吧！

　　如果妳任教的班級裡，同學們的注意力不夠集中，
當然是因為妳在師資養成教育階段，教授群們的專注不
足，熱忱不夠，沒有讓妳深切瞭解集中注意力的重要
性。看到妳的兩位實習指導老師對妳期許深切，照顧有
加，殷殷叮嚀，細心提醒的模樣，我的的確確為妳感到
慶幸……

　　　　利他服務的人，總是能夠發光發熱，
　　　　和藹善良的人，總是能夠喜樂圓融，
　　　　友愛親切的人，總是能夠溫暖熱忱，

認真負責的人，總是能夠恆毅精進，

積極敬業的人，總是能夠創新有為！

看看淡海新市鎮的開發，不論是「潤泰山河」、「海景天下」、「藍海名廈」、「笑傲江河」、「香格里拉」、「田園芳鄰」或是「淡江風華」、「書香大第」……十幾二十年後，妳一定會因為教學有成，成家立業而擁有自己的生活空間。說不定妳和妳的實習指導教師們寧可住遠一點，開車來學校。因此淡水柏園，淡江豪景，甚至於捷運可以方便轉乘的「湯泉」、「天闊」、「米蘭名廈」等，就是妳們的生活與教學場域。妳們一定也樂見到自己的學生天寬地闊地遨遊世界，而不是受拘束，侷限在本土化或鄉土意識之中罷！

但是如果中學生時代，沒能培養出愛校護鄉，認同學校和敦親睦鄰的基礎，未來在全球化的熱潮之中，難免也會迷失錯亂，疏離悔憾。就好像我記憶中南方澳的內埤海灘，如果永遠無法和加州的海灘相提並論，忘記也就永遠忘記了。可是我們不都希望寶島台灣的風景名勝能臻世界一流的水準嗎？立足台灣或深耕台灣的作法，不就是落實在「教育即生活、生活即教育」的基礎教育基層建設之中嗎？

　　希望淡水的學校，較淡水的漁人碼頭更新穎壯
闊！

　　希望淡水的老師，較淡水的名流華廈更精緻優
質！！

　　希望淡水的學生，較淡水的風浪波濤更強勁勇
猛！！！

銀河水都想像未來

　　所謂銀河，不是天文學方面的宇宙晨星之河；所謂水都，不是威尼斯風情萬種的樣貌。但是號稱是永和最大，雙和最美的六星級飯店式住家，一樓採用無住家大尺度淨空，規劃爲威尼斯流泉水瀑中庭，挑高七米的古典水晶門廳，有音樂階梯廣場、銀河星光涼亭、豎琴音樂演奏廳⋯⋯這樣豪華闊氣的生活空間，眞是未來學校建築規劃設計的重要參考範例。

　　你們實習的學校，歷史悠久，社區的文教氛圍良好，家長對於校務的參與及興革建議，非常的中肯切實。尤其難得的，是學校行政團隊主動積極，勇於承擔責任，幾位主任都是善於排難解紛，有效溝通的理智型開明主管⋯⋯可是校園巡禮一番之後，我感嘆的是國家對待教育人員，眞是太簡慢、太苛刻了。看看老舊的教室，擁擠的導師室，各處室的空間狹窄不說，下課的時候，同學們幾乎缺乏迴旋靜思的空間。雖然學校特別精

心於校園植栽方面的經營，想要以精緻雅趣的庭園，化
解青少年在追、趕、跑、跳、碰的學習與生活空間之
中，可能發生的種種問題。但是從更寬廣宏博的角度而
言，如果教育主政的決策大官們，能夠高瞻遠矚地，從
兒童與青少年成長需要的角度，預先規劃了寬闊開展、
新穎美觀的學校建築，各種教學資源，亦能與日俱新地
隨著科技的進步而不斷的更新充實，則公立學校老舊素
簡、保守因循的形象定然大爲改觀。

　　幾年前趁著參觀中台禪寺之便，順路參訪了普台中
小學。也有到花蓮靜思堂參觀後，順道前往慈濟中小學
的機會。更早參觀宜蘭的慧燈中學，台北縣八里鄉的聖
心中學等，都覺得辦教育眞的需要眼光和氣魄，如果整
座山就是一所學校，整個平原上就是唯一的一所學校，
或者整個平原上的十幾所學校，形成某一種相同的辦學
理念，課程特色或教學方法上的策略聯盟，彼此資源共
享，相互支援與激勵鼓舞，如此由下而上的學校革新或
「新學校運動」，說不定能夠形成教改浪潮中一股清新定
靜的力量。

　　尤其學校可以自主經營的內涵非常的多元，校史、
校規、校風、校旗方面的整理或建構，校園、校樹、校
景、校刊方面的規劃與設計，各領域學校本位課程的發

展與設計，學校和社區的互動聯繫，以及學校社區化，社區學校化的種種有效作爲，都需要深耕與生根的種種規劃設計。想要讓學校和社區成爲整體社會進步的有效推動力量，教師和家長之間彼此攜手，相互合作無疑是必要的。

可是如果教師認定基本學力測驗分數的高低，是一切學習最終的評量；又如果家長們對於孩子的性向天賦完全不加理會，一心一意只想要擠進明星學校，教育改革的口號和方案，無論如何難以動搖家長們素朴直接的期盼，則十幾年來教育改革浪潮衝擊之下的現實社會，依然瀰漫著幾十年前的升學主義，形式主義和孤立主義。二十一世紀的校園課桌椅，和二十世紀五、六〇年代的課桌椅並無不同，雖然隨著時間，校園裡的幼苗長大成了大樹，可是樹下徬徨嬉遊無所適從的孩子們，必然的走向父母親相同的老路，補習考試如昔，死背強記如昔。學校教育革新的希望何在？

證嚴上人在《良師之道》專書中指出：

「現在的學校教育，過度強調功能性知識的傳授，反而忽略了日常生活的教育。生活的教育就是教養，是做人應有的原則和規矩，也是做人的根

本。教導孩子，不是只教讀書、考試，應從小引導
學生，口說好話，身行好事，讓他們從孝順父母，
尊重師長做起，教他們懂得做人，懂得生活，懂得
人與人之間的互相關懷……」

　　試想一個會讀書善考試的孩子，卻站著沒有站相，
坐著沒有坐相，對於生活上如何端碗，如何拿筷子毫無
概念，反正塞飽肚子狼吞虎嚥便好；尤其穿著隨意任
性，說話口無遮攔，對五光十色聲光電化的遊戲軟體和
時髦娛樂，好奇嘗試，樂此不疲……當然難免要在十字
路口徬徨無措，舉目茫然……

　　證嚴上人說：「什麼是人生的軌道？是智慧與慈
悲」，「理所當然的教育，就是以倫理道德為軌道的教
育」。近年來由於教育自由化，教育鬆綁和廣設高中大學
政策的影響，教育機會的開放性及普及度大為提高，但
是教育的水準或是教養的寬厚深廣程度，猶待評估。特
別讓人憂心忡忡的，是青少年犯罪年齡逐年低降，青少
年犯罪的嚴重程度，卻日益提高。證嚴上人說是「患了
缺愛症，需要別人來愛，卻不懂得愛人與自愛」，空有一
身高挑的身材，蓄著時髦濃密的長髮，卻一心想著賺多
錢升大官，行為不端、思想偏差、觀念錯謬、價值混亂

……再好的教室電腦和寬頻網路，也只是擴散了無數偏差罪惡的行為。

> 「土地荒蕪，是農夫失責；
>
> 孩子心性偏差，
>
> 老師也不能免責。」

　　誠心盼望妳們相信，天下沒有不能教的學生，只有不夠用心，不肯認真負責的老師。

　　更誠心期盼妳們都是愛心種子老師，生命種子老師、人權法治種子老師，創新議題和創新教學的種子老師！

　　當然更期盼妳們永遠能夠自尊自重、自信自是、自愛自慕、自我珍惜，為真善美的校園而服務奉獻！

新穎宏潤的現在建築

板橋新站廣場、凝眸

　　長久以來，我遠較一般都市人更爲喜歡靜思。結廬在人境，而無車馬喧的主要原因，是因爲我享有極大的自由，可以輕輕鬆鬆遠離城市。交通便捷的永和市，無論要上中山高或北二高都需時不多，我的溪谷靜思，潭湖靜思，海灘靜思或是磯岩靜思，草原靜思或是斷橋靜思等等，都讓自己沉溺在一種莫名的神妙，無窮的放逸，卻又萬分的靈明覺醒狀態。靜中思省，動中覺悟，動靜之間的平衡自在，我以爲是數十年的善巧迴旋和慧智巧思，點滴累積的結果——

　　但是究其實質，我自以爲是的靜思，其實是種種忙碌中的逃逸。生活中的忙碌，藉著實習輔導的巡迴訪視到台中彰化，順便就到漢寶休閒農場住宿一晚。連續兩天，蘭陽平原兩所中學的專題演講，順道就在羅東運動公園，徜徉半日；順便在冬山河畔的香格里拉大飯店饗宴一番。有一次，赴高雄參加論文口試，結束口試之

後，澄清湖半日遊，也是非常愉悅豐盈的旅程。因此，十餘年來，我對於受邀訪評，擔任專題講座或者校園實習輔導，地方教育輔導的工作，能夠樂此不疲，無非因為自己在時間的調度運用，行程的規劃設計，以及心態的調整，和交通往返上覺得悠遊自在，能夠樂趣與工作兼顧。

證嚴上人說：「教育者要心懷喜捨之心，才能以恢宏的器量，接受好的新觀念、新做法。這份「捨」的精神，包括捨棄我執、我見，不頑固守舊，或執著學派，排斥異己……」我幾十年行吟奔走講學論道，以及參與教育改革有關正式的或非正式的研討講習活動之中，的的確確感受到捨棄我執我見的重要性。我喜歡半幽默半嘲諷地承認，自己對許多事情從不堅持成見，許多事理都是「或者」、「也許」、「說不定」、「測不準」的；更由於長久以來師範校院的傳統形象，容易被誤解為保守固執，頑固死板，或執著於師承輩份，或排斥其他校院的觀點見解；因此我刻意地讓自己嘗試多幾分幽默感，加幾分寬容度，尤其對於長者或官場中人，絲毫不能有些許輕慢之氣。我常常想，再怎麼窮鄉僻壤，也有可能遇到深藏不露的賢良高明之人——

因此，不論是飛機場或是火車站，不論是國立大學

的豪華演講廳，還是豐濱、長濱、三民、玉里等偏遠學校的小小研習會場，我的戰兢戒慎、誠惶誠恐是必然的。我知道強中還有強中手，一山還比一山高，學會了謙卑禮讓，人生的前程將會無限的寬闊開朗、坦蕩寬直！

這一刻，我在板橋的新站廣場前，想起二十餘年前曾經住過板橋。當年的板橋怎能和今天的高樓華廈相比？「十年河東，十年河西」，如果二十年的時光不知道成長進修，只是渾渾噩噩地過日子，也就這樣糊里糊塗過一生。依舊是住在老舊不堪的眷舍巷弄，或者維持一家傳統老字號的燒餅豆漿店，或者守著燈光昏黃的武俠小說出租店。但是從板橋搬家到新店，碧潭的青翠碧綠，的確使我的視野更為寬廣闊遠，從新店國小到銘傳國小，無論是惡補還是良補，總之，考試進了萬華初中。從萬華初中到師大附中，我的青少年時代，的確因為多次的搬遷流動，而格外顯得亮麗璀璨，一站比一站精彩……

誠如同證嚴上人說的：「任何人都無法掌握自己生命的長短，但是卻都有責任，好好地選擇人生的方向。」求學時代，最重要的是把握時間用功讀書，如果迷失於感情，錯過學習、成長的黃金歲月，對自己將是非常大

的損失，也是生命的浪費。回頭想想初中、高中階段，沉溺於男女私情的幾位同學們，後來十年、二十年的同學會，真的幾乎沒有見過他們的身影。「人生的得失，真的只在一念之間」。

　　人生充滿了選擇，每一項選擇，都是價值信念和態度品格的表現。雖然向左走或是向右走，最終可能都會在追求生命之圓的某個地方相會，迸散出原來如此的驚嘆或感慨，但是左岸的咖啡畢竟不同於右岸的魚丸湯。板橋林家花園的景緻，畢竟截然不同於花蓮吉安鄉慶修院的日式庭園。因此，妳在捷運高鐵暢達便利的城市學校，千萬不要守著教室守著課本，千萬不要方便第一安全至上地，像個鄉下小學老師般，平平凡凡教一生便於願足矣！想想即使是窮困荒涼的偏遠小校，校長有心，也可以喊出「人人是主角，班班有劇場」的響亮口號，妳的願景建構，可以更主動更積極，更有創意想像，更能為孩子們創造真正充滿快樂與希望的桃源仙境！

　　　無論是繁華城鎮或者是窮鄉僻壤，希望妳的教育大愛公正無私，不偏不倚！

　　　無論面對的是天才神童或者傻蛋痴愚的孩子，希望妳的教學熱忱始終如一，無怨無悔！

　　無論是數理邏輯或者是藝術人文方面的困惑疑
難，希望妳的愛心耐性無遠弗界，鉅細靡遺！

福和橋頭靜思語

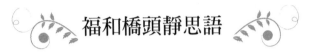

　　在台北市的國中實習，和在一橋之隔的台北縣
國中實習，究竟差異何在？

　　人往高處爬，水往低處流，從積極進取，面對人生
的種種挑戰或考驗的觀點，似乎應該鼓勵妳們，千方百
計留在首善之區的大台北都會型學校，認眞負責地投入
最關鍵的實習時光。但是從我自己是台北縣民，爲台北
縣的台灣之子、台灣之女們尋找好老師的角度，眞歡迎
妳們三個人都留在台北縣服務。人師難爲，經師不易，
妳們肯爲台北縣的中學生們熱心教導二、三十年，那眞
是台北縣家長們的福氣。

　　若從我自己大學畢業後，到蘇澳鎭南方澳教書的經
驗來看，我其實很希望妳們認眞評估在宜蘭、羅東或者
是五結、多山地區的學校服務，會不會是人生更難能可
貴，更明智聰慧的選擇？！

　　想想看教書作爲一種職業，當然要考慮教學生涯發

展歷程之中，種種牽涉到個人性格上的，學校環境中的和社區文化上的各種可能影響因素。以打拼輸贏的性格，賣力演出的作風，和錙銖計較的特質而從事教職，和悠遊自在，隨緣隨喜，大而化之的性格特質者擔任教職，對學生所造成的示範或影響，是截然不同的。歷史傳統久遠的學校，和新規劃成立的學校，建築設備和環境條件不盡相同，對教師的教學影響當然不同。而商業文教區的學校，和農漁礦林區的學校，社區文化、家長背景和態度紛歧，對於學校教師的地位和角色認知大不相同，也都是教職選擇時，應該審慎評估的因素。證嚴上人指出：

> 一個理想的教育環境
> 需要校長、老師、家長的支持。
> 如果校長不用心，老師教學怕麻煩
> 老師放鬆了，孩子就放牛了
> 孩子有錯，老師責備、家長來計較
> 這就是一種惡性循環。
> 老師盡責，負起教育的責任
> 家長尊重老師，盡力配合，
> 這就是愛的循環。

　　問題是當前的社會人心澆薄，教育的改革又以鬆綁為主軸，親、師、生三贏的口號震耳欲聾，但是校園衝突及危機事例層出不窮；親師之間，師生之間，親子之間的溝通與協調，的確有待改進。尤其嚴重的問題，是E世代的孩子們不識人間疾苦，都患了嚴重的失愛症候群，心態不健康，情緒不平衡，原本質樸善良的天性，在價值崩裂信心動搖的年代，格外顯得脆弱。所謂「劫濁亂世，眾生垢重」，當前的時代，真是充滿著悲哀與不幸的時代。

　　　　滄浪之水清兮，可以濯我纓；
　　　　滄浪之水濁兮，可以濯我足。

　　誠然人為萬物的權衡，人人都可以從惶恐不安之中

遠山含笑

清醒超越。雖然社會病態污染，卻惟賴教育從業人員作有效的輔導或治療，教師因此不僅僅只是承擔著傳道、授業、解惑的重責，還要肩負起醫心醫世，醫俗醫德的艱鉅使命。因此，無論在台北縣市或是在宜蘭縣市，無論在中小學還是大專校院，教師們正本清源，價值與情意教育為先為重的責任，的確是不容寬貸的。

　　希望你們走在永和的街道，心中默禱期盼著人類的永久和平、永永遠遠的和氣互愛。

　　希望你們行經中、永和的村落，一心祝福期望著台灣永永遠遠的中正和平，永遠的友善溫馨。

　　更希望你們穿越秀朗路，直上福和橋的時候，永遠帶著靈秀爽朗的微笑，永遠希冀幸福的青鳥和和平鴿的飛翔！

福和橋畔

仁民愛物哲人王

老師的言行舉止，是學生學習的表率

老師的人格道德，是學生模仿的典範

真正足以為人模範，才夠資格稱為老師

——證嚴上人

　　妳說實習期間的角色定位並不清楚，學生們不認為實習老師算是真正的老師，實習生自己知道自己是要繳交實習學分費的畢業生，學校老師們則認為實習老師們個個都是菜鳥，誰會將實習老師真正當成是「校園新銳」？

　　在師資培育法研擬及修訂期間，實習老師的角色地位，的確受到熱烈的關注，奈何現實上的考慮，大家傾向於視實習老師「既是學生，也是老師」，「不完全是學生，也不完全是老師」，「一半的角色是學生，另一半的角色是老師」……類此「半師半生，非師非生，亦師亦

生」的角色，大概只有一個多重渾沌、多元模糊、多變淺碟型的社會，才會形成類似的所謂「共識」吧！

是不是一定要凝聚相當數量的選票，才能形成政策上足以改絃更張的壓力？是不是一定要匯集相當比例自力救濟的抗議人潮，才會引起立法大員們的正視和重視？是不是一個民主法治的社會，一切民主法治的規範律則，都能夠符合大多數人的共同利益？

我知道自己思考問題，常常有所謂知識本位，菁英主義傾向，專業主義至上的論調。但是在一個決策紊亂，反知識、反專業、反權威為尚的時代，一切牽就民意，一切決定以利害相權，避重就輕為原則，敷衍塞責因循苟且的現象，難免一而再、再而三的重複存在或發生。從先天下之憂而憂，後天下之樂而樂的觀點而言，現代社會的教師，能夠逍遙自在，樂天安命者幾希？！

　　故天將降大任於斯人也，

　　必先苦其心智，勞其筋骨，

　　餓其體膚，空乏其身，

　　行拂亂其所為，

　　所以動心忍性，增益其所不能。

　　　　　　　　　　──《孟子 告子篇》

　　誠如同證嚴上人所指出的：成功的教育者，不只要好好照顧自己的心，外在形象也要端莊。所謂「修養於內，表達於外」，內心的思想，會表現於外在的形象。以自我精進恆毅不懈的原則自思自省的老師，對於學生的要求嚴格嚴厲可以想像。願意餓其體膚空乏其身的老師，對於學生的生活細節或應對進退，要求上的完美主義傾向亦不難理解，面對鬆綁渾沌放任無為的時代趨勢，教師的選擇判斷和堅持堅信，可謂難矣！

　　「當孔子之時，秩序紛紜已極，臣弒其君者有之，子弒其父者有之，夫不夫，婦不婦，兄不兄，弟不弟……」孔子不以道家之極端破壞制度為良劑，亦不似墨家抉撤倫常實行兼愛為善策，而獨以「注入理想於現實」之法為最公允而至當……」，謝扶雅教授的說法，正是提醒現代社會的教師們，效法孔子精神，仁以為己任，注入理想於現實情境之中，不失為安身立命之道。

　　仁心仁德的老師們，能以天地萬物為一體，亦深切明瞭「己立立人，己達達人」的道理，更知道在紛紜吵攘的時代，致吾人之良知於事事物物，盡其在我，心如明鏡，則何憂何慮何患何憾之有？！

　　希望妳能立志發願，作一位細心的園丁！

　　希望妳能任勞任怨，作一位耐心的導師！

　　希望妳能無憂無懼，作一位快樂的校園新鮮

師！

天海一線情無涯

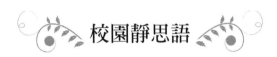
校園靜思語

十年樹木，百年樹人，真的是一點都不誇張──

　　十幾年前到妳服務的學校作一場專題演講，那時候覺得新落成的學校，建築新穎，頗為闊氣壯觀，但是庭園尚待規劃，新種植的一些樹苗，掩蓋不住校園裡沙塵滾滾的黃土印象，尤其到學校的時候，剛好是下課時間，嘈雜叫嚷的中學生，好像比菜市場還要雜亂囂鬧，我直覺的想法，便是綠化美化的確有待加強──

　　尤其當年是騎著摩托車，在永和、中和的車陣中奔向板橋，中山路上一路的車流競馳，問新海橋如何前往，還問出兩三個不同的走法。這一次卻是從景平路上六十四號快速路，格外感到順暢快捷。十年後學校周邊的道路筆直寬敞，校園裡的綠蔭遮天，文化走廊上各班精心製作的慶祝國慶壁報精彩豐富，校門口的替代役男親切周到，看著妳的校長和指導老師居然站在中庭等著

我的到來，覺得有點兒不可思議——

常常提到的兩個觀念，「邀請式的教育」（inviting education）和「愉悅的教學」（joyous teaching），好像在聯考的年代，總而言之是一種不可能的任務。因此對於教育鬆綁，對於紓解升學壓力和廣設高中大學等教改議題，我們都曾寄予厚望，等這些議題變成了政策，我們也依然樂觀其成，沒想到事實的變化，往往超乎我們的想像和期盼。誰真正知道這些年的教育經費是如何的縮減呢？誰又能保證多元化的師資培育政策，真能留住最好的人才？

只能期望所有的校園都能維持最好的均衡關係，讓退休潮中的資深教師心平氣和，理直氣和，讓流浪教師陣容中的準教師擁抱無窮的希望，創造無盡的快樂。當然所有的觀念和作法，都需要大幅度的調整。提前退休的老師需要先建立「幸福退休計畫觀」，教育鬆綁需要先培養「不是我的錯意識」，教育經費或資源嚴重不足，只要每一位老師都能夠指責「都是他的錯主義」就好啦！只有觀念真正的調整，各種的策略或作法，才有真正成功的可能。

尤其是基層的教學專業夥伴，真正關心的對象是學生，所有課程與教學方面的努力，應該專注於提升學習

的品質。因此部長的更迭頻仍,政策的朝令夕改,制度的渾沌籠統,以及諸如一綱多本,一校兩制的完全中學,名異實同的多元入學,甚至於廣設高中大學之後引起有關教育品質方面的議論紛紛,其實都是「只要你喜歡,沒什麼不可以」的趨勢或現象。認真執著的家長,或者專業敬業熱忱有勁的老師,真正關注的重點,應該是究竟要在自己的角色職分上如何努力有為?如何彰顯為人師表的地位和價值?如果焦點偏誤,努力的方向錯謬,會不會造成無可彌補的憾恨?

靜思一角

　　如果學校教師會致力於爭取參與校務決策和校務興革的建言；如果家長會努力的重點，是提升教育的品質，而不是個別家長的孩子某些特殊的權益；又如果所有的老師都致力於追求專業成長，都表現出教育家的淑世情懷，都樂意以認輔精神帶好每一個孩子，快樂和希望真會是每一所校園裡青春洋溢的主調。

　　　　希望妳認知到日新又新恆毅精進的重要，
　　　　希望妳瞭解到幽默風趣靈活彈性的可貴，
　　　　希望妳表現出樂觀勤勉執著認真的情懷，
　　　　希望妳體悟到參與服務利他助人的真諦。

竹軒一瞥

颱風過後

　　龍王颱風如迅雷閃電般,呼嘯著遠離台灣之後的第
五天,忽然之間一股莫名的衝動,想去看看疾風狂飆之
後的花蓮港和鯉魚潭。稍作沈思,我們決定輕裝便鞋,
說走就走──

　　從深坑─石碇間的管制中心上高速公路,路是無限
的寬敞。適合奔馳也適合遠眺,青山翠巒,白雲流連在
山脊,真是無盡的暢快和滿足。但是想到環境生態保
育,水資源和大量遊客逛坪林可能造成的擁擠和髒亂,
覺得關鍵的問題,仍然是人的素質問題。

　　山水有靈,真當驚知己於千古矣!坪林、石槽、碧
湖一路上雨霧迷濛。路遙知馬力,這一段山路只是今天
行程的初始。北宜台九線未來的車潮,都會湧上北宜高
速公路,我們真正喜歡在山林路徑悠遊的旅人,或許可
以更放慢腳步,更多些與山靈水草蝴蝶游魚相逢相遇的
趣味吧!

　　在礁溪鄉的旅遊服務中心稍作停留，我們經宜蘭、羅東直奔蘇花公路。蘭陽平原的運動公園和冬山河親水公園，的確都是值得藏休息游的良好生活場域，聽羅東的友人說龍王的風威有限，我們更著急的是十七級狂風肆虐之後，究竟石雕藝術季是否順利舉辦，究竟第七十屆國際大露營的場地是否理想？究竟八千里路雲和月的牛雜湯料理，還能不能繼續營運？究竟擱淺在東海岸堤防邊的大貨輪，是怎樣的一幅景像？因此我們連南方澳都不曾片刻駐足，直奔南澳！

　　陽光映照乾熱卻欣欣向榮的蘇花公路，我們記憶猶新。這一回濕潤多霧小瀑布處處的蘇花公路，懸崖峭壁加上曲折蜿蜒，銀鍊般的瀑布兩旁，卻是光禿禿傾斜欲倒的樹幹，幹幹相連，絕大部分的綠葉均被一掃而刮盡，真是非常難得一見的人間奇景。從和平溪到立霧溪，沿路所見的景象，如同威斯康辛的秋冬之間，枯木叢叢，枝椏連綿，獨缺綠葉，龍王颱風十七級風的威力，的確創造了視覺上強烈而鮮明的印象——

　　所有的枯樹都向著相同的方向，所有的風強勁的壓迫牽引向同一個方向。無論是鐵皮屋的掀翻，電線桿的傾斜、路燈的歪曲扭轉，大小樹叢的傾頹斜度，以及枯黃的草原上所有小草歪曲的角度，都必然歸結出龍王颱

風的暴虐霸氣，順我者不昌，擋我者披靡，我走過的路就是死亡幽谷，毫不留情的一路歪斜傾壓。台泥鳳凰林更是像剎那之間消失了一般，兩旁的鳳凰樹幹像是猙獰的魔獸守護戰士，肅然捍衛著水泥魔宮突兀而醜怪的造型。所有的美感，碧綠和涼爽，完完全全的消失殆盡。

花蓮高中兩側的路樹，也都像是張牙舞爪的怪獸。在美崙公園獅子會捐贈的涼亭小憩，望著一車又一車的砂石車進進出出，花蓮港是個十足的砂石工廠，說什麼庭園寬敞歡迎參觀，真懷疑會有怎樣的遊客想要參觀如此泥濘黃濁、溼潮黯淡的灰色港口？沒有雨的日子，想必是塵土飛揚，沒有工程帽和防塵口罩，誰都不願意多作停留吧！但是如果若干年後，港內換成無數的遊艇排列著，又會是怎樣的一番景像？

奇業檜木館的養生餐或風味餐，的確別具獨特的風味。奈何一陣驟雨，玻璃屋頂的安全性正要引起一陣的議論紛紛，玻璃門旁的兩桌客人跳起來驚呼淹水啦！原來雨勢過大，排水不良，出人意料之外的雨水流經腳下，當然難免要驚慌訝異。只是想像著龍王颱風過境的夜裡，呼嘯搖撼著所有的屋宇，那必然是更為驚心動魄的吧！

星光大道上觀光月的牌樓、小吃攤位和樹幹枝椏上

的霓虹小燈飾，全在雨中顯得七零八落，慘不忍睹。沒有了人聲車潮、石雕藝術季現場創作的藝術家，一個個躲雨躲到夜深不知處。天有不測風雲，人有旦夕禍福，或許真的只有狂風驟雨，地震災變和星雲流轉，才能讓人深深體悟到大自然的奇異驚歎，也才能讓人反省到自己的渺小卑微吧！又有誰能像奧德賽般的挑戰海神觸怒龍王呢？

想到「明天過後」（day after tomorrow）影片中，淹在大水中的紐約市和自由女神像，以及氣溫驟降之後冰雪覆蓋的曼哈頓，層層疊疊的摩天大樓，也只是冰雪迷濛中的小小黑盒子。颱風巨浪下的人，真是何其的卑微渺小。如果人真的要向太陽挑戰，向颱風海嘯挑戰，其實是注定了失敗覆滅的命運。除了逃躲或敬畏，戰戰兢兢，戒慎恐懼，天視即民視，天聽是民聽，知天畏天，敬天慕天才是人類智慧的選擇吧！

在南濱公園再往南的堤防邊，見到擱淺的基隆籍貨輪，船頭嚴重受損，船身傾斜，就像是身經百戰卻又傷痕累累的老酋長般的，兀自站成一種無可奈何的姿態。防波堤內側三兩戶破落的違章建築，依然泡在積水之中，一位高齡的老婦人在積水未退的家門口，清理幾尾瘦小的魚，遠遠的彷彿聽到她哼著一段悲傷哀怨的歌

曲。那樣的景像，讓人想到龍王過境的當晚，老婦人不知道要承受怎樣的呼嘯和磨折，思之戚戚然──

　　八千里路餐廳附近的鐵皮屋，都被掀起一定的角度，有一戶屋頂完全不見了的石材廠房，只有巍巍的巨石直挺挺地立著，像是無言抗議著大自然的淫威。繞來繞去繞往去鯉魚潭的道路，花蓮監獄也好像歷經一場浩劫，說不出來的肅殺蒼涼。鯉魚潭的水色依舊，倒影不再，因為環潭公路兩旁的綠蔭全都變了樣，光禿禿的枝椏大部分斜向同樣的角度，颱風的動向清清楚楚，連香蕉林、檳榔園被強風如何的扭轉撕裂，都能夠看得清清楚楚……

　　零星的草花憔悴地散落在潭邊，大部分的植物都呈現乾枯的狀態，沒有鳥語啁啾，不見蝴蝶蜻蜓，靜靜地走在環潭公路，一陣說不出來的泫然──

　　我確信自己無法在月光稀微的夜裡，平靜無感，不思不想，無歌無淚地走在鯉魚潭畔。彷彿害怕悽悽慘慘的枝椏映在黯淡月光下的倒影，會顫抖震顫地從寒潭之中起來哭訴一般，我驚惶地想要逃離颱風凌虐之後的草原深潭。沒有人能夠抵擋疾馳奔騰的狂風，我只有混跡熙熙攘攘的車陣，經過慈濟園區直奔向太魯閣，飛越立霧溪谷直衝向大濁水溪谷，由谷風而南澳、東澳、清

水、大福到竹安，一路奔馳如風，我想要趕快穿越北宜公路到坪林，在茫茫昧昧風風雨雨的路程中，回復對青山綠水的嚮往和依戀。

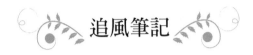

追風筆記

「暑假輕鬆些吧！最近睡得好嗎？」

　　兩年未見的朋友，最近捎來問候的訊息，卻實在很難回答。暑假當然應該較學期中輕鬆許多呀！但是證嚴上人說：**人一旦無所事事，虛度光陰，精神就會萎靡不振，生命也就失去意義。**我想無論是青少年、中年或老年人，真的無所事事窮極無聊的時候，其實和一棵樹立在崇山峻嶺之中，和一顆石頭躲在木瓜溪大橋下的寬闊河床，或者和一隻蝴蝶飛舞在清水溪畔的小水漬週遭是一樣的，雖然存在，卻真是輕如鴻毛，可有可無的一種存在。為什麼去年暑假參與了教育志工的清邁之行？為什麼這個暑假設計並引導著兩組教育關懷志工的小小史懷哲計畫？其實，都是因為想要逃躲那種無所事事，虛擲時光的慚愧——

　　其實人過了中年，超越了知天命的階段，健康、知

足、感恩、惜福才是生命中最重要的意義。吃得清淡舒坦，穿得簡樸自在，住得輕鬆安靜，想去哪裡都能夠自主自由，天天煩惱的還是有許許多多未完成的文章，每天筆耕的時間，好像總是太短太少，閒看中央山脈的青山翠野，白雲萬化；對於電視或吵嚷不休的報紙新聞，能保持一種「浪濤盡千古英雄，白髮漁樵江渚上，笑看秋月春風」的超然態度，真是一種難得的喜悅。

　　至於睡得好不好？暑假裡好幾個夜晚，闔上眼，就是偏遠學校裡一盆一盆垂掛著奄奄一息的盆栽，滿地無人清掃的落葉，睡夢之中，我恍恍惚惚跟著一位綠手指（green finger）仙姑，將一盆又一盆的盆栽作物修修剪剪整理一番，又好像在汲汲營營地撿拾著無窮無盡的落葉，是誰說片片落葉都是寶的？每一片落葉的紋飾圖案不同，都可以像押花般作成一張又一張的書籤。因此，我忙碌不堪地搜藏儲存著一片又一片的落葉，朦朦朧朧之中沉沉地睡去。又有幾個晚上，一闔上眼，彷彿就看到涓涓潺潺的白匏溪流之中，閃閃發光的是青綠色的、碧綠色的、翠綠色的、墨綠色的，一瓣又一瓣的，一片又一片的，一塊又一塊的台灣豐田軟玉，似真還假，似寶石又像普通的石頭，水花和閃閃發光的石頭底下，無數竄逃的小石斑，小苦花、草澤岸畔蔭涼的陰影底下，

更是一隻又一隻的長臂蝦鑽來鑽去，尋覓著餅乾屑、麵包屑的香氣，如果隨身帶了蝦網和釣竿的話，想必又是一場歡欣雀躍的豐盈之旅。一樣的朦朦朧朧之中，又沉沉地睡著了。一覺醒來，覺得怎麼陽光如此的耀眼，但看看時鐘，其實才不過清晨五點二十分，東海岸的日出，的確較北部來的早許多……

「那暑假回台北的機會多不多？回台北又忙些甚麼？」

其實，回台北或者來花蓮都是一樣的，人在台北心在花蓮，人在花蓮卻心在台北，本質上毫無差異可言。對一個嚴重疾病，行將就木，心如槁木死灰的人而言，人在家裡或在醫院，究竟有些甚麼不同呢？對一個地球過客，博覽全球好風光的人來說，住在紐約、舊金山或者台北、曼谷的大飯店，生活本質上的差異，其實是非常有限的。對一個看透、看淡、看開、看破一切的人而言，醒時睡著，睡時醒著的時間，已經是一種習慣。回台北為的是趕一場演講，為的是考試院的閱卷工作，需要相當的體力和耐力。因此，在蘇花公路上奔波往返的車程，反而是一種極安靜極清新的靜思動覺之旅啦！證嚴上人說：人若能時時反觀自照，檢討心念是否貪著名

聞利養，久而久之，心靈自可提升到月至上品諸風靜，
心持半偈萬緣空的境界。我不敢說自己在修甚麼煉甚
麼，只是知道，好像習慣了無牽無掛、無可無不可的那
種感覺，回不回台北，去不去山澗海邊，都是無足輕重
的，隨緣、隨遇，能安、能定，才是真正最為重要。

　　「颱風又朝你那邊去啦！要做好防颱準備吧！」

　　沒什麼特別需要準備的吧！不怕風不怕雨，不怕日
曬雨淋，當然也是要歷經一番寒徹骨的鍛鍊吧！對颱風
的免疫，恐怕要回想到小時後對八七水災的記憶。那個
年代，那樣的災難，都沒甚麼影響，之後的葛樂禮風
災、賀伯水災也都沒有特殊意外的際遇。只是感覺到貧
病弱勢者，面對天災的抵抗能力或防衛能力，確實是非
常的單薄，非常的值得同情。一念及此，悲天憫人，憐
惜幼弱之心油然而生，想到天地不仁，以萬物為芻狗，
金毛獅王謝遜向著蒼天怒吼，口中唸唸有詞，詛咒著
「鬼老天！賊老天！」的影像，也自然的浮現。我常常夢
想追著颱風跑，迎頭趕到颱風的前面，一陣子胡捶亂
打，想要打亂颱風的方向和腳步，從青少年時期一直到
而今頹頹老去的現在，始終沒有停歇過。是的，這確實
是我的夢想！想像著能以雷霆萬鈞的力量，擊碎一切的

不合理、不公益和不道德——

「太可笑了，太荒謬了吧！你的夢想……」

　　也許是卡通看多了吧！沒甚麼特別呀！缺乏想像力的人生，如何熬下去？還能夠想像自己能忍人之所不能忍，讓人之所不能讓，退別人之所不敢退，轉別人之所不曾轉……還覺得明日有詩有歌又有夢，明年可能又有一番截然不同的際遇或因緣，顯然是更為快樂充實的人生吧！想要把颱風打亂、打退、打掉、打碎……實在不能說是一種大志，只是一種赤子之忱吧！看看滾滾黃滔和翻攪的黑砂碎石流，看到滿園落地的柚子，和浸泡在

好山好水好壯麗

水中的西瓜，看到遷村撤村前後，居民們的滿腹辛酸，誰會眞正喜歡颱風的來到呢？

　　因此，對於那些不曉得颱風和地震的威力浩大無窮，世世代代居住在沒有狂風暴雨，芭蕉葉片搭成的屋頂，可以三、五年不必翻修的族群而言，譬如泰北的火龍果農，安逸慢活，快樂無憂是必然的。知足感恩，善解寬容，大約也是一種性格上的必然吧！對於生活在颱風豪雨，泥漿亂竄的島上的人而言，抄短線，急功近利是爲了生存，馬馬虎虎，敷衍塞責，也是因爲不曉得今天的努力，明天可能遭到如何嚴苛的考驗，強悍頂風，硬頸抗災，大概也是一種性格上的必然吧！我想。

　　無論是龍王颱風還是聖帕颱風，無論是蘇花公路的路塌路斷，還是花東縱谷公路的風風雨雨，颱風豪雨和地震，永遠是慢活、樂活、舒活的花東人，心頭揮之不去的噩夢與痛苦，我想要以雷霆萬鈞的力量，摧毀颱風、擊退颱風的念頭，一次比一次的強烈。但是眞實的人生旅程之中，我只能追著颱風的尾巴，看著浩劫後的山水道路，有兩次在颱風眼附近，沿著蘇花公路迤邐攀爬迴旋，無風無雨之外，還隱隱約約感到陽光穿透雲層的力道，十分的龐鉅，我只能繼續不斷地祈禱天下無災無難，颱風有驚無險，前山花東人的每一個明天，都洋

溢著燦爛的笑容，蘊藏著無窮的希望……

風定人靜心長安

風疾心亂人惶惑

風起雲湧意興豪

風停情滅愛無緣

高山潤景天地寬

尋覓教改的答案！

在「華人教育學術研討會」第一天議程結束後的師大校園，教育大樓外面昏暗的燈光下，一位陌生的朋友，送給我一張暗黯淡淡的光影中的邀請函，年輕的臉龐上漂泊著略顯焦慮不安的苦笑。是因為我的道貌岸然表情嚴肅？還是因為我穿著太正式太刻板了，讓他感到不自然？還是因為他其實是我的學生，卻裝作有點兒認識又不太知道，因為我的眼神疏離恍惚？

我的猜測最終都會得到驗證。根據經驗法則，我笑的時候，世界真會跟著我微笑喜悅。我哭的時候，當然都是獨自一個人，在暗夜星輝或陋室旅店之中，獨自抱頭慟哭。我表情嚴肅不苟言笑的時候，對方無論是誰，無論人多人少，總之都會感到坐立不安。我戴著草帽穿著短褲的時候，眼前的人們多半毫無防備，然而我瞪視著對方的額頭，低緩而沈重的語調，卻又常常讓對方手足無措──

這封邀請函全文如下：

給教育界同仁的一封公開信

敬愛的教育界先進：

　　我們是一群關心國內教改的學界朋友和基層教師，在此向您問好！

　　為了喚起社會大眾對於國內教育改革的關注，建立一個更透明的教育資訊平台，在檢討十年教改之餘，能夠結合各方意見，提出我國未來教育發展的新方向。擬於明年（2006年）元月及二月召開「教改再出發：民間教改總體檢研討會」，會中將本著「教改的對話、反思與再出發」之精神，以「十年教改對話」為標題，環繞「品質、公平、效能、開明」四大主軸，希望透過民間的力量，釐清過去教改的爭議，提出未來可能的道路。

　　然而，在面對上述如此艱難的任務，我們非常需要仰賴您的專業素養與經驗，請您不吝提供寶貴的意見，無論從理論上或實務中，都需要您的參與和協助。以下是明年的會議及一些構想，請您指教：

【2006教改再出發：民間教改總體檢研討會日程與暫定主題】

第一次	1/7	一綱多本與教科書
第二次	1/14	多元入學與升學制度改革
第三次	2/11	高學費問題（大、中、小學及學前階段）
第四次	2/18	九年一貫與課程改革

- 會議時間：擬於上述時間（週六）上午9：30～12：30（每場3小時）舉辦。
- 各場會議邀請與談人包括：(1)一位主席；(2)二～三位與談人。歡迎各界推薦相關之與談代表！
- 邀請對象：歡迎社會各界自即日起報名參加（網址如下）。
- 會議地點：暫定於台北市立教育大學（原台北市立師院）。

從上述的會議中，我們希望達成以下的目標：

一、確立教育基本價值觀。

二、加強教改與社會系統之聯結。

三、增進教改政策公共論壇之功能。

四、建構「教改總體檢資訊平台」。

五、建立長期教改追蹤分析機制。

最後，歡迎大家共同來參與上述之各場會議，並協助「教改總體檢」的連署活動，網址：http://www3.nccu.edu.tw/~94152011/

聯絡電話：(02) 29393091 轉 88007

敬祝　教安

中國教育學會、全國教師會、全家盟、台灣省教育會、幼兒教育改革研究會、重建教育連線等敬邀 2005.11.25

　　讀之真是令人感歎萬千。從教改大統帥李遠哲博士，在立委李敖似嚴肅卻又難免有所揶揄的質詢之中，做了心不甘情不願的勉強道歉，或者應該說是有條件的道歉之後，似乎教育改革的成敗得失，面臨重新定調的關鍵時刻。似乎新一波的教育改革浪潮，又正在蓄積能量的階段。人們十幾年來承受著一波又一波的教改巨浪狂濤，會不會又面臨了新一波掀天揭地的改革浪潮？

　　對於一綱多本與教科書的問題，我從來不認為部編本、統編審定本或民間多元參與的審定本，會造成怎樣的課程革命或教材創新。要談教學創新，無論是部編或審定本的教材，只要老師有心表現或示範，同樣都可以表現創新的教學。在聯考的壓力逼得學生喘不過氣來的年代，更需要重視教師的教學創新才對。但是在鬆綁的教改軸線下強調教學創新，難道不是一種諷刺嗎？教科書內容的豐繁正誤問題，總而言之是攸關學習的品質，愈編愈錯，愈錯愈多，然後說在教師賦權增能（empowerment）的年代，是教師糾正錯誤以提升地位，教師更能因此而彰顯其專業的角色和地位，不也是非常諷刺的一種說法？

　　至於多元入學，我從來不覺得這些年來的作法，真正合乎多元入學的精神。除了保送、推荐、考試入學方

法上的比較多樣性的變化之外，多元入學其實真應該和多元智慧、多元文化觀有所關連。因此無論計算三科成績、五科成績，都是不夠的。最好的作法，是各校採計七大領域的學習評量，或者退而求其次，將中學階段的十大基本能力、轉化成為情境式的、問題解決的題型設計，甚至還要加計模擬的情境互動，實驗場域的真實操作，以及虛擬的或想像的溝通與對話情境……至於是否真正合乎「帶好每一個孩子」、「適才適性」，「充分開發個人潛能」，「多元文化覺醒的教育」等等理想當然有待考究，此外，多元入學還要真正在高中教育的辦學治校理念上，建構出類似「體育明星高中」、「科學明星高中」、「人文明星高中」、「田園明星高中」……之類的優質學府。而家長們選校選系的觀念，也要徹底的改變目前迷信明星學校、熱門學系的想法，回歸適才適性選擇科系組，充分自我實現與潛能開發的教育正途；庶幾多元入學的理想能臻實現。

當然更好的發展趨勢，是當台大醫院徵求「假病人」以模擬真實病房的情境，讓實習醫生臨床實習的能力本位能有所提升的時候，馬上有人想到傳統師範校院的實習制度，其實也需要有模擬的教室情境，模擬的「學生假人」，卻輸入種種麻煩的問題情境模式，讓實習老師的

班級教學經歷和能力，能真正有所提升。這樣的臨床實驗教室，不論要耗費三千萬或五千萬去打造營建，所有的學生、家長教師和校長，教授學者們，能完全同意是一種迫切的需要，沒有人認為這是荒誕浪費奢侈過份的構想。當這樣的實驗教室落成的第一天，才是教學專業得到社會認同的開始。問題是三十年後、三百年後……還是見不到如此的模擬實驗教室。

　　至於九年一貫或課程改革的問題種種，更是讓人慨歎唏噓。強調教師的賦權增能（empowerment），是因為往昔的教師群權力有限，能力困頓。如此刻意的強調以往的教師備受壓抑和限制，就好像宗教革命解放了神職人員的聖經詮釋權一般。以往的教師果真奉教科書為聖經嗎？九年一貫實施以後，教師的角色兼涵課程設計者，教材編選者、行動研究者、課程評鑑者、教學創新者等多元而沉重的角色，老師必須要在學習型組織中，從事多元而沈重的種種終生持續不斷的修煉和專業成長與進步……但是教師的工作環境條件，薪資待遇和社會地位，卻始終未見改善或調整，教學負荷和角色壓力不減反增，真是情何以堪？！

　　尤其以「教改的對話，反思與再出發」之精神，以品質、公平、效能、開明四大主軸，期能達到確立教育

基本價值觀，加強教改與社會系統之聯結，增進教改政策公共論壇之功能，建構教改總體檢資訊平台，建立長期教改追綜分析機制的目標。看起來崇高超然，平穩練達，中肯切要。問題是從回歸教育的本質，到確立教育基本價值觀的提倡，如果辦學和教學的人，依然不改升學主義的作法，再多的努力，仍無法消弭補習班興盛的事實。如此空懸的理想，高舉的鵠的，看在萬千家長眼中，真是老調重彈，缺乏新意。教育部長知道教育的本質為何嗎？教科文預算的多寡和教育的基本價值有關嗎？作為政治、經濟、社會、文化發展之奠基工程的教育體制和教學園地，究竟是繁花葉茂繽紛燦爛，還是荒蕪貧瘠枯槁乾涸，誰能提供理想的答案？

種種教育論壇中的多元論述，究竟是形成政策還是為政策背書？究竟誰才是真正具有批判反思能力的知識份子？究竟一大堆的資訊之中，如何釐清頭緒？如何直探核心？如何一針見血地提供針砭正論？確是讓人怔忡不安的難題。要想在教育界發動掀天揭地的，根本而徹底的變革絕非易事。十餘年前的教改風潮，的確達到了風起雲湧，全民總動員的效果，但是教育的專業究竟是向上提升？抑或是向下沉淪？教師的教學品質和熱忱精神，究竟是向下沈淪，抑或是向上提升？E世代新新人

類學生的學習效能，究竟是向上提升或者是向下沉淪？我自己的教育專業表現，究竟是向下沈淪或者是向上提升？坦白地說，眞是慚愧無言以對……

這就是爲什麼我在紅樓長廊中的腳步，愈來愈沈重而遲緩，爲什麼我在各種研討或論壇的場域，愈來愈沈默而愚鈍，愈來愈知道自己會漸漸地走向荒漠、走向孤寂的最主要原因。

面對成群的流浪教師，我們能提供什麼機會？

面對Ｅ世代新新人類，我們能發展哪些特色領域的人才？

面對鬱卒徬徨的大學畢業生，我們能如何的激勵鼓舞和善爲誘導？

幽靜校園一角

八千里路雲和月

「甚麼？一年往返蘇花公路四、五十趟？你頭殼
壞了咧！為什麼不搭飛機或火車？」

從熱愛自然山水，喜歡飆速奔馳，想要體會流浪或
漂泊的滋味，嚮往披星戴月，喜歡出遠門的感覺，也喜
歡長途駕車回家的感覺等等不同的觀點，我可以洋洋灑
灑的訴說一大籮筐的理由。總而言之，從羅斯福路到花
蓮的中央路慈濟大學園區，實實在在單程足足超過兩百
公里的路程，往返就是超過四百公里的旅途。每週至少
往返一次，多半都是週五的下午黃昏時刻回台北，星期
天的下午五、六點回花蓮，在雪山隧道通車之前，就已
經開始了這樣子奔波往返的路程，我深刻的理解五、六
個小時長程駕駛的辛勞與疲憊，五號快速路通車之後，
時程縮短為三個半小時，真覺得台九線的後山悲情，絕
對可以因一條高速公路的興建而徹底的翻轉逆轉，東部

後山的民宿風情或部落命運，也絕對可以經由一條高速公路的闢建，而全然的改變改觀。

「因此你是贊成興建蘇花高速公路的囉！」

這是個截然不同的問題，我需要一條能夠快速往返台北與花蓮之間的交通路線，卻並不必然代表著我一定贊成興建蘇花高速公路。基本上這是一條因爲選舉的政策利多，而冒出來的高速公路，因此我反對它的興建；其次這是一條環境影響評估方面，大受爭議和質疑的高速公路，因此我也反對它；再者這是一條較雪山隧道更艱難、更龐鉅的公路，預計要花十年的時間，耗資逾兩千億新台幣，我等不到十年後再把握機會奔馳在這一條以隧道、橋樑爲主的高速公路上，因此我也反對它的興建。另外，從旅遊的角度來看，台北──花蓮之間多少風景勝地，愈能慢慢欣賞長期駐留的人，才能眞正享受甦活慢遊之趣，高速公路只會讓人想要很快的去到台東，或者不論在哪一個鄉里駐足，都可以很快地返回台北，短利長空，城鄉交流的共識尚未形成之前，再多一條高速公路，究竟值不值得，實在是值得更審愼評估的。

「更何況純粹從環保減碳的觀點而言，你不能贊
成興建高速公路？」

這是一種誤解吧！環保概念設計的新車型，省油減
碳設計的能源或材質或作法，能具體適切地找到的話，
我是傾向於贊成現代化、科技化的發展方向的呀！有人
喜歡騎自行車、摩托車環島旅遊，我還看到一位退休的
老師以直排輪環島，重點不是路遠路長或減碳不減碳的
問題，重點是從離家到回家的心情，在九轉十八彎的心
情，在蘇澳、南方澳和粉鳥林漁港的心情，在原生植物
園區、在南澳農場、在太魯閣國家公園峽谷的心情……
如果高速公路的興建，妨害或影響到蘇花公路旅遊中走
走停停，停停看看，看看想想再出發的心情，如果蘇花
高速公路開通以後，像進入雪山隧道那樣只能趕路，只
能匆匆奔馳的模樣，幹嘛要贊成興建那樣的一條路呢？

「蘇花公路真那麼美，真那樣的令人著迷，著迷
到要每週跑個一、兩趟嗎？」

當然囉！我在南方澳的南安國中服務過，含兵役一
起計算的三年之中，沒走過一趟蘇花公路。只記得晨昏
的時候，常常遙望著蘇花公路上的車龍，那時候還是單

向管制呢！而今整條公路都是雙線通行，南方澳大橋落
成之後，欣賞南方澳漁港的角度更多元多樣，蘇澳到東
澳之間可以駐足停留攝影的據點更多，心曠神怡的感
覺，更是春、夏、秋、冬各不相同，風雨晨昏各異其
趣，連夜景都是不亞於八里、淡水的原鄉奇景。奈何有
緣欣賞的人不多，大部分的人匆匆趕去南方澳，去到南
天宮廟前夜攤晚餐，接著又要匆匆趕回台北，錯過了珊
瑚法界博物館和蘇澳冷泉，能說甚麼呢？

　　東澳和南澳的山海風景各異，趣味也不大不相同，
不曉得潮漲潮退的海岸線，究竟有多少差異，不能分辨
雨季和旱季的南澳南溪和南澳北溪生態的不同，在神祕
海灘兩溪匯流的出海口，更是一個一年四季千變萬化的
出海口，岩石砂層和伏流的變化，溪海交會處魚群生態
的變化，都是需要長期觀察、敏銳詳錄和比較分析之
後，才能辨其差異的——奈何絕大多數的旅人都是過客，
都不捨得駐足細思量，就好像雪山隧道開通以後的坪林
商圈，真是靜寂清澄，未來恐怕東澳和南澳更是要門前
冷落車馬稀了！

　　「所以你就自己發願，多跑幾十趟蘇花公路？多
　在東澳和南澳的自助餐廳消費幾十次？」

　　一點兒也沒錯，所謂「人棄我取，人厭我不嫌」，人潮車潮流水馬龍的地方，我避之唯恐不及。目前的東海岸，是國際旅遊協會評比中，風景最秀麗，卻最少受人矚目的海岸線，因此我樂意悠哉遊哉，享受慢遊慢活的樂趣。

　　別以為我是蘇花公路的飛快車駕駛，我們上班族和那些砂石車駕駛、宅急便駕駛和追風俠般的短期旅客不同，我們這樣的年紀，晚上八點半回到家，或者十點半回到家，真會有些什麼不同嗎？

　　換一種心情想想，你有過在和平火車站或漢本火車站停留的經驗嗎？釣魚雜誌上常常介紹在這兩個火車站，換搭計程車前往釣場，好像那是一趟極遙遠極辛苦的旅程。而今，卻輕易的可以隨時停留在那兒，觀望一刻鐘，享受難得的清靜和寂寞，想要得大智慧通達諸法，在台北火車站或者是凱達格蘭大道，大概是永遠無法企及的夢想吧！

　　「還有哪些特別值得讓人流連忘返的風景呢？」

　　南澳鄉的朝陽漁港和朝陽國家公園步道，可以遠眺烏石鼻自然保留區。尤其颱風前後的朝陽漁港，漂流木堆積在漁港外的景觀奇特，真是難得。晨昏時候的釣魚

人，陸陸續續趕來報到的熱鬧景象，格外令人感到純樸溫馨。和基隆八斗子那一帶的釣客，爭先恐後汲汲於釣獲大魚的心態截然不同，這裡的釣魚人，彷彿都是領悟慢活緩釣之真趣的人，另有一種悠閒舒適消磨時光的氣度，令人羨慕。

　　你知道這裡的釣魚人，會發展出怎樣的垂釣哲學嗎？有一位老釣翁說：「就當作是作兵替國家站崗、看守海防，比當兵輕鬆的咧！」另一位原住民釣客說：「我天天來，看看有沒有新品種或不曾釣過的魚。」還有一位從宜蘭來的釣客說：「這裡海水的顏色藍的像寶石，來這裡看海、人少、水清、天藍，實在是太美麗啦！」我自己有兩、三次，颱風前後停下來釣一個小時的經驗，巴掌大的魬仔、臭肚，接近一個大人手臂長的烏魚，但因為沒有攜帶網袋，全部都放生啦！Catch and Release的感覺真棒，覺得自己釣魚的境界又高了一個層級，那種釣魚的運動精神出現了，都是手竿呢！而且還是溪釣手竿，輕竿細絲搏大魚，拍照存證之後放生，好像是探索頻道裡出現的釣魚達人一般，感覺真好！

　　朝陽國家公園步道的視野遼闊，海天之間，人誠然是渺小的。但是能多識鳥獸蟲魚之名的人，走在原生植物林區，隨時會遇到蚱蜢、瓢蟲、蝴蝶、蜻蜓，我見青

山多嫵媚，料青山見我亦如；是我看見山高水藍人清
爽，常常覺得所謂心曠神怡、樂不思蜀，大概就是這般
的心情吧！一個半小時左右的腳程，對身心健康而言頗
為適當，比走小油坑步道過癮啦！至於要辦入山手續的
澳花瀑布，大概愈是管制，反而愈是讓人心嚮往之吧！
總之，懷著無限期待無限忐忑的心情，無比好奇無窮冒
險的心情，走在人煙稀少的溪谷河床，無論是賞蛙、觀
瀑、探尋苦花身影、拍攝水石相激相盪之美，彷彿大自
然的所有精靈都在閃爍著微笑，天地之間充滿著喜悅自
在與歡欣鼓舞——

　「恐怕你沒有好好計算油料的開支，也沒有慎重
　評估自行駕車的風險……」

還是那句老話，值得的旅程，再遙遠再艱辛也會樂
意前往，特別是兩個人來回一趟搭火車的開支，算起來
可以跑蘇花公路兩趟，兩個人搭一趟飛機來回台北——花
蓮，可以駕車來回跑四、五趟，沿路還可以造訪不同地
區的朋友，想想人生如寄，許多朋友多年不見，還真是
動如參商，但這一年來卻見過幾次面，交換過禮物，也
一起吃過飯，想起來許久不敢奢望的慢活甦活，好像並
非難事，真是人生難得之樂呢！至於風險，秉持安全至

上的觀念，像我們年逾半百的人開車，和年輕小夥子開
車當然是大不相同的，只要留意維修、定時保養，常想
讓一步海闊天空，再常常想想要能夠遲到一些也無妨，
甚至是一種特權，不必趕路；不趕時間就不會有太高的
風險啦！

　　尤其想到蘇花公路是通往太魯閣國家公園必經之
路，距離奇絕怪險氣象萬千的太魯閣國家公園是如此的
近，隨時轉個念頭就可以去長春祠、布洛灣、燕子口、
九曲洞，再多半天得行程，就可以上合歡山，那種山到
絕頂我為峰，想要登松雪樓而睥睨天下的雄心壯圖，真
是讓人感到年輕。不論是天祥還是關原，靈秀雄奇的壯
闊天地在我胸，真覺得許多人汲汲營營奔走忙祿，能有
閒情逸致，隨時拋開一切去追隨山的呼喚，是享受水石
奇美的流變幻影，真是人生之至樂。

　　因此，我一趟又一趟地奔馳流連在蘇花公路上，許
多年輕時熟悉的歌聲，一遍又一遍的重複播放著，好像
以天地為床，以海岸的晴朗或迷茫為窗景，好像台北─
─花蓮都是我們的家鄉，而蘇花公路就像是一座流動的
音樂走廊，是一條移動中的美術長廊，我歌我舞我開
懷，且思、且行、且流連，無數動人的詩篇和樂章，不
斷的迴盪再迴盪，我的心靈沒有回程，只是不斷的勇往

直前，一次又一次再向前行……

　　「真的一年四、五十趟，都是你自己獨自駕車往
　　返台北──花蓮之間，真是那麼孤寂漫長的旅程
　　嗎？」

當然不是啦！說好去花蓮是我們夫妻合心的共識，
只要行程允許，儘可能的一同往返，誰累了就調換駕
車，但是當乘客的好像比較容易頭暈，專心開車的人比
較不會頭暈，因此絕大多數的時間都是我開車，伊看風
景不暈車，我看風景會頭暈的話，就閉目養神，有幾次
還真的沉沉入夢，那就表示這個星期的行程的確太過緊
湊，午休不足，平日的睡眠也不太夠，在車上能睡著
了，還真是一種幸福咧、好像半夢半醒之間就走了一大
段的路，尤其是在充分安全、充分信任、又音樂盈耳的
車程中養足了精神，覺得人生之喜樂，莫過於此──。

　　「那她呢？伊（君燕）和你有著相同的體驗和相
　　同的心情，無怨無悔嗎？」

別挑撥離間啦！我們牽手將近三十年，現在住的地
方叫同心圓宿舍，夫唱婦隨也好，嫁雞隨雞、嫁狗隨狗
也罷！一路走來鬥嘴爭執是司空見慣的事情，但是你知

道我們爭的是些甚麼嗎？南方澳南天宮前的筒仔米糕，究竟好吃在哪裡？南澳的冰店究竟值不值得停留？在東澳火車站借洗手間的次數會不會太頻繁，哪裡的環境比較乾淨、比較衛生、比較有人性，哪的建設有待改善？要如何的改？如何的建設？如何的有創意？方能有更美好的觀光裡景點，以吸引人潮觀光客，方能帶動經濟，提升生活品質；還有要不要忍一忍到了蘇澳新站再停？或者人多乾脆到石碇休息站再說，或者對買花蓮麻糬送宜蘭的友人，買宜蘭的名產送台北的親戚等，量多量少、次數價格方面的不一致，大概總有幾分鐘的爭論和十幾分鐘的沉默吧！但是總之，隨著時間和路程的流逝，便會漸漸的平息和淡化，畢竟都是些芝麻綠豆的小事呀！我們對紅衫軍的共識、對蘇花高速公路的共識、對兩岸交流、全球展望、花東願景和慈濟世界的共識，才是真正重要的。至於無怨無悔，想到無病無痛、無憂無惱、無患無慮……人生還會有什麼怨嘆和悔憾呢？

「真羨慕你們的生活方式——」

路是人走出來的，台北縣新店鎮碧潭畔　出生的我，可以很熟悉青潭，烏來這一線的風景，也可以對坪林、闊瀨、雙溪到東北角這一帶瞭如指掌。至於萬里、野

柳、金山、三芝、淡水的北海一周，應該就算是自家後
院的風景吧！到美國加州的海岸線巡禮之後，突然覺得
對於太平洋西岸的陌生，是一種不可饒恕的罪過，台灣
的東海岸可以說是天涯海角一樂園，我夢想著蘇澳到花
蓮這一段路，是世界級的馬拉松選手，一生必定參與的
「double馬拉松」台灣之旅，而從遠雄海洋公園到三仙台
這一段路，又是另一段的「超值馬拉松」，從知本到佳洛
水，再規劃一段「顛峰馬拉松」，如此連闖三關的馬拉松

高山麗水天地闊

選手，才算得上是真正的長跑名人。這樣的夢想，留給
下一代台灣之子們去發揮創意想像，去規劃實踐吧！

　　我知道我漫無際涯的想像，會無止無盡地綿延
下去……

　　我知道我廣闊浩瀚的憧憬，會點點滴滴的落實
兌現——

　　我知道我頂禮頌讚的夢想，會穩健踏實地逐步
完成——

北京潭柘寺記遊

　　造訪潭柘寺，純粹是在漫漫浩瀚的時空長長流中，不經意的選擇；卻又是彌足珍貴的殊勝因緣。遊北京的人一定會選擇長城遨遊，但是當我聽到老北京人說：「先有潭柘寺，後有北京城」，便油然而生捨長城訪古寺的心願，半日的盤桓，真覺得不虛此行——

　　潭柘寺創始於西晉永嘉元年（公元307年），距今已有將近一千七百年的歷史。位於北京西方門頭溝區東南方的潭柘山寶珠峰山麓，四周是回龍峰、虎踞峰、捧日峰、紫翠峰、集雲峰、瓔珞峰、架月峰、象王峰和蓮花峰等九座峰，如九條龍般拱衛著廟宇。歷經唐代華嚴祖師，五代禪宗高僧。從實禪師、金代的廣會通理禪師、政言禪師、相了禪師……元朝的瑞雲靇禪師，柏山智公禪師、妙言大師等的整修經營，潭柘寺的香火鼎盛。明

代的皇帝、后妃、王公大臣和權貴到潭柘寺進香禮佛者
眾，日本的德始使師、印度名僧如道元禪師等，均在此
常駐修行，明代朝廷多次出資整修並擴建，皇帝並賜名
改稱為「龍泉寺」、「嘉福寺」等。但民間永遠不變的認
識，卻始終依然是潭柘寺。

　　清代的康熙、雍正、乾隆、嘉慶皇帝，均多次到潭
柘寺進香禮佛，康熙皇帝並為寺內的主要殿堂題字，賜
匾額，撰楹聯。大雄寶殿、天王殿、毗爐閣、戒壇、大
悲壇的匾額，均出自康熙之手。潭柘寺的建築整齊規

北京潭柘寺前

律，佈局和諧圓融，中軸主線排樓高二十五尺，寬三十五尺，漢白玉雕龍橫匾上「翠嶂丹泉」「香林淨土」金字，即為康熙御筆親題。從天王殿抬望眼，天花板繪「金龍和璽」的圖案，是皇家敕建的皇寺廟宇所特有。殿內正中木雕金漆的彌勒坐佛，楹柱上的對聯為「大肚能容，容天下難容之事」，「開口便笑，笑世上可笑之人」，可謂寓意深遠。彌勒背後金盔金甲，威風凜凜，手握金剛杵，勇冠萬軍的衛護大將軍，氣勢非凡。兩側的護世大天王，分別持握枇杷、寶劍、龍鞭、寶鐘，祈願

廟宇天成

福佑著世世代代的風調雨順。

　　大雄寶殿是潭柘寺內最雄偉壯麗的建築，東西側分別為迦藍殿和祖師殿，其後的三聖殿門額正懸「具大願力」的匾額，亦是康熙皇帝手書，內供阿彌陀佛（無量壽佛），觀世音菩薩及大勢至菩薩。三聖殿後面的毗盧閣，是寺內最宏偉高大的一棟建築，內供大日如來、五智如來等。毗盧閣是珍藏歷代皇帝所賜佛經的地方，亦即「藏經樓」，一般遊客鮮少能有機緣一窺堂奧。只能遠觀「游龍戲珠」、「鳳戲牡丹」、「龍鳳呈祥」等金雕銀繪的圖案，感歎皇恩佛威之浩瀚而已。

　　毗盧閣東側為舍利塔、地藏殿。西側為圓通殿，另有方丈院、帝后宮、流杯亭、青山居，延清閣等建築，清淨莊嚴，幽雅寧謐。另西側有藥師殿、觀音殿、祖師堂、龍王殿、文殊殿、大悲殿和孔雀殿。戒壇、楞嚴壇、大悲壇、梨樹院、華嚴壇等。建築形式多元，有玉鑲金竹，假山造景，莊嚴雕像，金漆彩繪，花園亭閣；行走其間，步履自然而然的輕輕悄悄，心靈也自然而然的樸拙靜寂，爽朗透達而無拘無礙地，徘徊留連在明清古建築殿堂之中……

　　總面積逾一百二十公頃的潭柘寺，鼎盛時期計有九百九十九間殿堂壇室，直追北京城故宮的九千九百九十

九間堂閣齋軒，尤其四季風景殊異，繽紛耀眼的綠樹黃
花，挺拔卓絕的帝王樹，秋紅雪韻，樓閣亭塔拙樸雄
渾，歷代高僧圓寂的墓塔亦頗可觀。如金代的海雲禪師
塔、廣慧通理禪師塔、政言禪師塔、廣善禪師塔、歸雲
大師塔、了公長老塔；元代的雪　禪師塔、智公長老
塔、妙嚴大師塔；明代的底哇答恩大師塔、西竺道源

閣樓雅逸心自清

塔、觀公無相和尚塔、本然正公塔、無邊智公塔、貴公堂塔、無盡善公塔等；清代的震寰大師塔、純悅律師塔等。僧塔數量眾多，形式各樣，構成氣象莊嚴宏闊寧靜的塔林。此外古樹參天，有千歲高齡的帝王樹、七葉一支白花卵葉的婆羅樹，根、莖、皮、葉、果均可入藥的柘樹，千年華北柏樹王，百事如意柏柿夫妻樹，在金剛延壽塔南側，修長婀娜的雙鳳舞塔松，鳳頭、鳳喙、鳳眼、鳳冠、鳳翅惟妙惟肖，其他的清奇古怪松、臥龍松、盤龍松、迎客松、指路松等，望其名而思其形，總之可以臨風高歌，可以品茶納涼，可以興觀群怨，可以

馨香默禱天下寧

曲杯流亭意虔誠

雅興豪情發乎天地之間,而止於心靈清寂之處矣!「三
春一絕京城景,白石階旁紫玉蘭」,潭柘寺內並有四、五
百年歷史的朱砂玉樹,是玉蘭和木蘭的雜交種,白花外
輪呈紫紅色,亦是一絕!

青山疊翠景清幽,飛泉如練繞風清

殿宇巍峨鐘聲遠,古樹名花流杯亭

平原紅葉送晚秋,錦屏雪浪晴夜空

飛泉夜雨豁然醒,古剎漫遊思故鄉

　　我參訪寺廟的經驗其實不多，對於靜寂清澄志玄虛
漠的體悟不深。只是走馬觀廟學虔敬，仰瞻聖賢慕禪
僧，想想紅塵滾滾、江海滔滔，做一個地球博覽家，是
多麼的艱難，卻又何等的瀟灑自在，只是遺憾塵俗的羈
絆纏身，難得的潭柘古寺半日遊，我體會到山高塔闊，
寺廟宏偉的氣象，也領略到幾許思古惆悵，天地悠悠的
寂寥，彷彿又回到青少年時期大學殿堂裡的迷途流連，
耕莘文教院四樓迴廊中的靜坐沉思：

　　　　我來自何方？
　　　　我歸向何處？
　　　　我踽踽涼涼的腳步，
　　　　究竟要走到世界的哪一個角落？
　　　　江河萬古流，聖賢皆寂寞，
　　　　千古知音稀，滄海一聲笑……

偶然

「爲甚麼你毅然決然地離開台北，去到花蓮，而
今卻又堅定不移地想要離開花蓮回到台北？」

自心眾生無邊誓願度，自心煩惱無邊誓願斷
自性法門無盡誓願學，自性無上佛道誓願成。

所謂「靜極思動，動極思靜」，大概在台北生活五十
餘載的無邊煩惱，在花蓮兩年的的極度澄澈及孤絕之
後，已然完全斷盡了吧！我開始省思到在台北或者是在
花蓮都是一樣的，一切塵勞愛欲喜歡或貪嗔痴迷，都是
要靠自己的修爲來超越。也許更爲世俗一點的說法，是
因爲有所誤解而奔馳前往花蓮，又因爲有所瞭解而靜寂
清澄地回到了台北，天底下的事大概都會如此自然的走
出一條路來吧！畢竟出生在碧潭畔的我，很難讓自己眞
眞正正地相信，自己可以歸屬隱居在鯉魚潭邊的草房樹
屋之中……

「難道花蓮眞的不再值得留戀？」

再一次我去到白匏溪上游的木屑步道，確實令人流連忘返。

又一次我去到太魯閣遊客服務中心，想到每一條步道的風景秀麗，確實讓人徘徊低吟，不忍離去——

好幾次七星潭畔的風景晨昏，草坪棕櫚和步道，藍天碧海交織成的景緻的確壯闊耀眼，憑良心說花蓮是值得留戀常住的地方。但就好像我離開台北的眞正理由，不是因爲台北不值得留戀，而是某些推力大過吸引力。而今我選擇離開花蓮，也是因爲某些推阻抗拒的力量，大過吸引我留住此地悠遊慢活的力量。也許更露骨一點的說法是：如果我承認自己老了、倦了、疲憊不想再有什麼作爲了，那麼最好的答案應該就是終老花蓮，悠游閒歲月，瀟灑寫文章。但是，如果我不服老，還想能再有一番作爲，我想回台北是東山再起的第一步，而且是關鍵的第一步驟。

「您提到的東山再起，意味著在台北跌倒過嗎？或者您在逃躲些甚麼？」

說跌倒或挫折或失敗，其實是言過其實，太誇張的

說法。我們立志一輩子教書、讀書、編書或寫書的人，對「學而優則仕」深深不以爲然的人，哪有甚麼好跌倒或失敗的呢？平心而論，應該說是一種對大環境的失望或不滿吧！好像覺得空有首善之都的台北之名，空有國立大學師表典範之名，實質上的問題或缺憾實在是不可勝數。而自己作爲一個台北人，或是作爲國立大學的教授，眞好像遇到了學習的高原期一般，覺得無法突破創新，能爲與應爲的各種措施或方案有限。對於教育改革，覺得疲憊無力；對於反軍購方面，毫無著力點；對於民主的發展，社區的發展，學校的進步以及對自己人生幸福之營造等方面，好像年過半百之後，突然感到疲軟無力，興趣缺缺，我其實不是很清楚自己焦躁不安或鬱鬱寡歡的眞正原因何在？眞的是對自己和家庭，對學校和社會都感到一種莫名的厭煩與憎惡，我不知道眞正的原因或關鍵的時間點，究竟在哪個節骨眼？總之，那時候就是莫名的被花蓮的好山好水，大山大水和寬闊無垠的七星潭吸引——

　　也許更有禪味一點的說法，是當時我尙不能領悟到教授也不過是一種空名，所長、院長也不過是一種虛華，而今我徹徹底底地相信進退有命，清風明月、淡泊平凡是最眞的道理，從前種種譬如昨日死，以後種種譬

如今日生。我回台北之後可以終日靜坐，可以粗茶淡飯，可以熟玩詩詞，可以勉行減碳，也是非常精采的人生！

「但是，兩年多來在花蓮也結識了一些新朋友吧！對偏遠小校或社區也有一些關懷或允諾吧！以你的個性，怎能說斷就斷，切割得清清楚楚？」

> 我今滔滔自在，不限王公卿宰
> 四時猶若金剛，苦樂心常不改
> 法寶喻於須彌，智慧廣如江海
> 不為八風所牽，亦無精進懈怠
> 任性浮沉若顛，散誕縱橫自在
> 遮莫刀劍臨頭，我自安然不采

在一個普遍缺乏真情實義的年代，交情或參予或犧牲奉獻又如何？沒有誰是不可以或缺的，沒有人是無可取代的，所有的關懷或允諾都顯得極其廉價，愚公移山、精衛填海，大海是永遠的浩瀚無垠，愚公真的是要世世代代的癡迷不悟嗎？

無論是王建煊還是李家同，他們提倡閱讀送書贈愛的精神的確讓人非常的感動。我兩年來也分送出去自己

將近二分之一的藏書，突然之間覺得《聯合文學》、《當
代》、《室內設計》、《休閒》、《藝術家》、《雅砌》之
類的期刊，全都可以不再珍藏了，而《誠信》、《國庫潰
堤》、《經營大台灣》、《台灣民間故事》、《記者你為甚
麼不反叛》、《生命教育》、《鬆與綁再反思》、《變革管
理》⋯⋯之類的專書，只要時代背景變遷，稍有資料過
時之嫌的論文集，也全都可以不必典藏。好像覺得不想
再教「青少年心理」或「教學原理」之類的課程，那麼
所有相關的參考文獻便都可以全部捐獻出去。永和寓所
的書房可以完全淨空，只想擺放幾幀玫瑰石畫，再擺上
一排豐田玉石才值得，或許再過個半年，又想換成自己
親手撰刻的金石圖章，其他的一切全都可以割捨吧⋯⋯

「對於編書、寫書、還是熱衷如昔嗎？」

對於編書的興趣，應該說是漸漸漸漸的淡退消逝
了，但是對於寫書，仍覺得筆耕是一條永無休止的路，
只是寫作的方向也已經有所調整，想從旅遊文學、心靈
深戲、教育小說方面，試著有所創新，教育專書的撰寫
意願方面，真是漸漸顯的意興闌珊了⋯⋯

雲散長空雨過

雪消寒谷春生

但覺身如水洗

不知心似冰清

今年的冬天顯得格外的寒冷，但即便是獨釣寒溪，好像覺得胸中仍有一種萬馬奔騰的澎湃之情，想要高歌一曲，想要狂奔十公里，想要如迅雷飆風般呼嘯而過太平洋，去到繁華熱鬧的洛杉磯，去幾十年來一次又一次錯過的賭城，更想再一次重返冰天雪地之中的威斯康辛和明尼亞波利市，那種想要遠走高飛的渴望，如此的鮮明而強烈，我知道我還有夢——

「您的夢想是甚麼？繼續教書？再創生涯巔峰？轉型發展？」

入此門來學此宗，卻須仔細要推窮

清澄靜寂理義在，忖度心忘境自空

誰憐舉世難夢醒，無解光明般若心

兀坐諦觀心寂寥，蒼崖孤峻誰與鄰

「我教故我在」的堅定執著，而今更與誰說？走路有風追求卓越的熱忱豪興，而今也感到非常的意興闌珊，

　　至於轉型發展，我想不做生意，懶得多與人說話的習
慣，看山、看海、看雲、觀自在的習性，使得我相信回
到台北之後的生活型態，應該和在慈濟大學教書的日子
沒太大的不同，衣食住行力求簡單，起居坐臥力求樸
實。春夏秋冬、四季更迭，我可以不必為了人來人往而
擔心牽掛，也不必再為了會議、兼課、口試和評鑑兩頭
奔忙，清風明月秒秒過，詩詞歌賦分分閒，為自己而閱
讀靜思而寫作，不亦樂乎？！

> 殘月鐘聲欲曉天，如何高枕尚安眠
> 休逐世波沉黑業，快稱佛號育青蓮
> 樂邦歸去須歸去，莫待他人把手牽。
> 請看竹馬風鳶日，忽到頭童齒豁年

附錄一

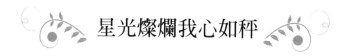

星光燦爛我心如秤

問：爲什麼要設計並推展這個暑假裡「原鄉學習精進」教育服務計畫？

答：爲什麼有人要參加「海外教育志工」活動？爲什麼許多家長熱衷於暑期旅遊英語營？爲什麼第二期的教官輔導知能研習營要在暑假開辦？爲什麼花蓮縣政府要推動星光大道和鯉魚潭水舞？爲什麼師資培育中心暑假要協辦歷史文化學習網導入教學教案設計東區研討會……我想這一連串問題的答案，應該都有一些共同的特質，那就是熱忱和信念。暑假可以是一個平淡清閒，無所事事的季節。缺乏熱忱的人，會希望日子愈簡單清爽愈好，整個暑假吹吹冷氣，聽聽音樂，讀幾篇文章，出國旅遊一趟，便是個清閒又豐足的暑假。

但是證嚴上人說，不要因貪求清閒，而希求減輕責任，應該增強自己的力量，擔當更重大的責任。我想無

論是教師或同學，都是因爲不願意逃避責任，唯恐虛度人生，因此選擇了參與，希望能夠做到「在職盡責」，不荒度暑假。

問：請問爲什麼選擇了萬榮和豐濱這兩所國中？好像其他學校也很希望慈大的師資生前往服務或支援？

答：許多事情都是機緣巧合，也許是因緣俱足吧！當然我們原先的考慮是南區更偏遠、更鄉下的學校，但想到和清邁、印尼或馬來西亞相比較，再遠再鄉下也都還算是很近很近的。從聯絡和後勤支援的角度而言，有點兒遠又不是很遠的學校，反倒是最適當的選擇。此外從山線、海線各一所學校，以原住民佔多數的小校爲主等多方面的考量，當然也有我們自己師資生人數的多寡，專長的配置等方面多重的判斷。

問：請問史懷哲教育服務計畫的目的爲何？

答：如果你瞭解史懷哲醫生的一生志業，對於史懷哲教育服務計畫的目的應該就能昭然明瞭。史懷哲博士是一位親身實踐人道主義、尊重生命、相信善良和溫柔的力量的諾貝爾和平獎得主。我們希望慈大的師資生能夠經由教育部支持的史懷哲教育服務計畫，體悟到證嚴

上人慈悲喜捨的志業。證嚴上人說：「靜時養氣、動時練神。靜的時候練氣，可以磨練我們的氣質和品德；動的時候，則要專一精神，將心念統攝為一。」師資生平時對於靜寂清澄的校園環境習以為常，對於克己復禮也樂意躬行實踐，但是不是真能達到靜如處子，動如脫兔，在氣質教養和品德方面，實現專注熱忱、主動積極、勇毅果敢，以信心和勇氣面對校園中的憂鬱症和煩惱潮，我想這一個暑假裡，同學們的體驗感悟，應該是非常關鍵的。

問：您預期慈大同學們從史懷哲教育服務計畫中學到什麼？

答：這個問題可以很大，也可以很小。從無窮的想像和漫無邊際、自由自在、海闊天空的角度來說，我希望參與此項計畫的每一位同學，對於照顧弱勢、城鄉差異或城鄉均衡、教育機會均等、多元文化的瞭解與尊重、學校與社區的互動、校長領導、教學文化、青少年次級文化，原鄉的困境及其突破等等議題，均能有更深刻的理解。對於班級經營、激勵動機、教學和獎懲的原理原則、學業性向和學習潛能方面的問題，亦能有較為深刻而直接的反省思考。當然更希望同學們對於自己的

生涯興趣和生涯選擇、自己的師生溝通能力、EQ提升和自尊自信等方面,亦能有更爲精準的評估。尤其暑期的氣候炎熱,學生們的學習態度,難免意興闌珊,如何苦中作樂,從平凡、平實、平淡的教學過程中,激勵志爲人師的信念,相信是每一位參與此項計畫的同學們最嚴苛的挑戰。證嚴上人說:「人若對自己有疑,就容易墮落沉淪,迷失人生的方向;若對他人有疑,就很難與人廣結善緣,共同成就有意義的事業。」因此,參與此項計畫的同學,對自己要自信自尊,對同學要切磋琢磨、對學校裡的學生要循循善誘,對學校裡的老師要親近求教,特別是要能定位這個暑假是自己一生之中難能可貴的一個暑假,我相信如此的態度,決定了學習的高度,這個暑假的學習績效,將是豐盈而難得的。否則,把時間心思用來質疑學校的配合意願不高,學生的成就動機不強,自己的飲食睡眠沒有得到良好的安頓……那麼這個暑假,可能也只不過是另一場枉然荒廢的暑假……

問:抱歉打斷您的侃侃而談,不過聽您的口氣,會不會院長您將這個暑假看得太嚴肅太沉重了些?……

答:太嚴肅或太沉重的批評,我全都可以接受(一笑)。基本上,今天師資生的養成教育,是個非常嚴肅的

課題，師資生的出路問題，更是個沉重的議題。想想看
花東地區中小學六十幾個職缺，居然有二千多人報考應
試，代課十餘年，高齡五十七歲的準教師，仍然在參加
教師甄試，所以在教學崗位上的現職老師，當然應該戰
戰兢兢、戒慎恐懼地面對自己教學生涯中的每一堂課。
可是事實的情形又並不眞是如此，老師們守著鐵飯碗，
依然是如昔的漫不經心和敷衍塞責。學生缺乏學習方面
的成就動機，是隔代教養、是社區不利、是花東區域上
的自然現象；小班小校經費不足、人力不足都是必然的
現象；一個暑假裡要面對三分之一的老師下學期離職他
就，教育優先區的輔導課時數不足、經費不足，教師暑
假裡的授課意願不高……等，都是非常嚴肅萬分沉重的
課題，但是決策高層依然迷失在教科書的意識型態之
爭，絕大多數的教師和家長，還是沉迷徘徊在「滿級
分」、「榜首」、「國立名校」的迷思之中，這些都是很
嚴肅沉重的課題。這樣的大環境大潮流之中，要讓理想
主義精神高昂的師資上去體悟史懷哲精神，不敢說是
Mission Impossible（不可能的任務）啦！但至少是一個很
沉重的負荷。

　　問：那院長可不可以這樣子請教您，究竟您是個樂

觀主義者，還是個悲觀主義者？

答：樂觀或悲觀並不那麼重要吧！樂觀的人可以對著漫漫長夜高歌，悲觀的人面對黎明的到來，卻依然擔憂著下一個黃昏的來到，和下一個暗夜裡的徬徨迷失。樂觀者的樂天知命、隨遇而安，有可能被解讀為缺乏成就動機，神經大條到那裡都能夠沉沉入睡。悲觀的人也可以是悲天憫人、冷血冷眼旁觀世界，永遠為最壞的情境做最好的安排的人。因此，我不太能夠精確的分析自己的悲觀傾向或樂觀態度。我想，審慎的樂觀較童騃式的樂觀更為可取。理性的悲觀要比非理性的悲觀更為可欲。簡言之，審慎和理性的態度才是重要的。

問：再請教院長，您自己在這項教育服務計畫中，扮演怎樣的角色？

答：這是師資培育中心向教育部中教司申請補助的計畫。這樣的教育服務計畫，從行政學的角度而言，是一個計畫、組織、溝通、協調和評鑑的過程。因此，我自己的定位，就是計畫者、組織者、溝通者、協調者與評鑑者的角色。我們慈大的同學們，都是參與者和教育關懷的志工，我是個行政協調後勤支援和機動視導的

人。我很希望自己能年輕二、三十歲，全程和同學們參
與全部的行程。但是這對國中生和大學生而言，對學校
教師、行政主管和校長而言，會形成怎樣的壓力？其實
是個值得深入探討的課題。用幽默的角度說，藏鏡人的
角色是攸關重大的。這是師資培育中心主任在角色抉擇
上的決定。另外，從教育研究所所長的角度而言，不論
是否參與此項活動，研究生都可以研究史懷哲的熱誠、
倫理觀和生命態度，從而提供學校教師具體的專業倫理
和態度方面的建議。當然研究生也可以從實際的參與經
驗中，導引出有關校長領導、教務主任角色、學校本位
課程、教師教學文化、城鄉學生學習意願，或學習態度
方面的差異比較，甚至於有關師生溝通、校園衝突或友
善情境的調整策略方面，尋繹真實場域中真正重要的論
文題目。又或者研究生可以從政策面探討各縣市、各校
推動史懷哲教育服務計畫的策略異同，或是研究教師的
暑假時間管理、各校配合教育優先區經費運用的校務發
展措施等，當然都有從教育研究專業知能與專業實踐方
面的問題思考。這是作為教育研究所所長，我對於慈大
教研所全體研究生們的期許。

　　至於從教育傳播學院院長的觀點，我對於傳播學系
師生對於這一項計畫的全然忽視或冷漠的態度，只能說

敢怒（自己生悶氣）而不敢言（當面正對傳播系的師生），不過，這也只是一種幽默的說法。傳播系的師生如果多關心一點教育、多瞭解或具備一些教育方面的知能，一定可以從認輔活動中找出許許多多的故事，從每一位老師，每一位參與教育服務的同學，以及從豐濱和萬榮的社區活動、鄉土教材中尋找出可貴的題材。問題是所有的媒體都對文教方面的主題興趣缺缺，暑期課業輔導有什麼新聞可以炒作呢？營養午餐的問題怎麼能夠格做深度報導呢？教師的良知血淚作為故事，缺乏普世的宣傳價值吧！志為人師的人選擇的是平凡、平實、平淡、平庸的專業，原本就缺乏傳播的細胞，躲鏡頭拒絕採訪才是正確的。我只是很好奇，傳播界會不會有史懷哲精神，當今的傳播學研究的是文明的興盛或衰頹……以上酸秀才般的感歎，還請傳播系的師生多多包涵。

問：院長的意思是傳播系的知識基礎問題，還是指態度能力方面的問題？或者您對於傳播系的過去與未來，有著不同的期許？

答：這個問題茲事體大，還是迴避，或者從長計議較好。其實不應該只針對特定的學系，因為專題報導或實驗電影、廣播節目的製作等，雖然有其專業性，卻是

所有的大學生、研究生可以實習、實驗、實證、實踐的
暑假作業。這是個自我推銷非常流行，行銷包裝的效
果，廣告的價值遠超過所要購買的商品的時代，我只是
藉題發揮，藉機秋風掃落葉般地胡亂的批評一番，不必
太認真才是。

　　問題的本質是大學分科設系實在太細碎、太專精分
化，而大學的博雅教育又太普通、太常識化了，因此，
沒有幾個人真正體悟理解史懷哲教育服務計畫的真諦。
而個人的貪、嗔、痴、慢、疑等積習太深，改之不易。
因此，一遇到記者或一旦面對麥克風，就囉哩囉嗦、嘰

心清情濃靜思臺

嘰咕咕個不停，就當我是瘋言瘋語吧！……

問：怎麼院長您開始吞吞吐吐、不乾不脆了呢？

答：知者不言，言者不知。我說的愈多，愈顯出自己的愚蠢無知。還是讓我們同學、學校老師和校長們多一點發言的機會吧！……

問：那能不能夠再請教一個問題，您希望這樣的教育服務計畫能夠具體的達到哪些目標？或者對學校、對參與的同學而言，達到哪些顯著的改變？

風景優美的鯉魚潭畔

　　答：還是多請教兩位校長，多訪問兩校的老師，多讓我們參與的同學們有面對鏡頭，說一說自己的心得的機會吧！我只是希望同學們去到學校，能歡歡喜喜、開開心心的，能讓學校師生充滿如沐春風的喜悅感。希望教育界的愛心可以相激相盪而發揮宏大。希望原鄉的彩虹絢麗而美好，希望萬榮國中和豐濱國中的星光燦爛，偏遠社區和學校的師生永遠心田明淨，皓然皎潔。

附錄二

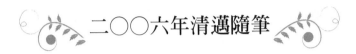
二○○六年清邁隨筆

月兒彎彎

月兒彎彎，高高掛在天空
在靜寂清澄的深夜裡
禁不住思念起七星潭的星空

月兒彎彎，高高懸在天際
在寂靜淡泊的晨露裡
忍不住思想起鯉魚潭的晨昏

月兒彎彎，高高亮在天邊
在微風徐涼的暮色裡
總是會惦記起靜思堂的春秋

靜思

離回家的日子還有多遠？

無聲的道路無聲的橋樑無聲的迴廊

無情的山風無憂的鳥鳴無愁的「多給」

我們和清邁慈小的同學們結下不解的福緣

那麼樣的親切溫馨

那麼樣的細緻體貼

我們幾乎忘記了呼嘯而過的碧莉絲颱風

彷彿乾脆忘記了狂風暴雨的七星潭海灘

究竟離家幾百公里或幾千英哩？

究竟鄉愁幾千公斤或幾千公噸？

究竟是什麼原因發心發願？

究竟又是什麼原因沉默無語？

蒼穹下

日出日落　潮漲潮退

升旗降旗　上課下課

校園裡響澈雲嶺的朗朗誦讀之聲

傳唱千里　寂寥蒼穹

清邁的午後萬里無雲

竟記起了靜寂清澄志玄虛漠

竟幻想者古道西風瘦馬的奔馳

也憧憬著天視民視天聽民聽的桃源仙鄉

龍眼樹下未泯的童心

龍眼樹下真摯的深情

想起台灣的泥土草原和龍眼樹

想起故鄉的肉粽豬腳和佛跳牆

清邁七月熱暑中間雜著思鄉的夏日午後

我們品嘗師兄菜根香素食園的風味美餐

清甜淡酸清苦淡鹹的滋味

在異鄉的蝶影蜂翼和靜思之中

濟群益世願無窮發心持恆歡喜做

我們感恩您的熱腸盛情

我們祝願您的耕緣樓福澤四海

童心

你輕輕巧巧地走進教室

像小貓咪般輕盈無聲的腳步

一隻綠繡眼在花道教室旁的草叢中跳躍

窗檯旁兩隻蜻蜓你儂我儂翩翩起舞

遠處的黃花叢畔蝴蝶悠哉飛翔

你輕輕巧巧地走進教室

真是貓咪般靈動善巧的腳步

不知道你的父母親究竟什麼模樣

不知道你的家門院究竟如何造景

不知道你的生涯路究竟如何選擇

只是深切瞭解你的輕巧安靜異乎尋常

更是深深理解你的善解包容讓人感動

天空

清邁慈濟小學的天空格外的湛藍

清邁慈濟小學的草原特別的翠綠

清邁慈濟小學的同學異常的可愛

從教室到走廊隨著音樂列隊步向升旗台

男女小童軍的神情莊嚴肅穆又無邪天真

每一張稚嫩的容顏都在仰望蒼穹

感恩天地！感恩父母！感恩老師！

生乎意料之外的清脆昂揚而悅耳動聽

感恩天下眾生！

完完全全出乎預期之外的清亮而鏗鏘悠遠

我想起山川壯麗物產豐隆炎黃世胄的勤苦耕耘

我記起勿自暴自棄勿故步自封——

更憶起同心同德貫徹始終——

旗海飄飄薄海歡騰的舊時景像！

依稀聽見許許多多的雀鳥黃鸝婉轉歌唱

依稀看見閃閃亮亮的瞳眸漾著晶瑩淚光

靜思

誰知道出谷黃鶯的唧啾婉轉？

誰理解幼鷹初翔的戰兢戒慎？

誰覺察新銳上陣的熱情真摯？

誰洞透人情練達的生命故事？

無論是音樂美術還是自然與數學

啓發好奇善悔疑、追根究柢的精神

激勵興趣動機，打破砂鍋的態度

都是勤學認真負責盡職的表徵

年輕的教師們循循善誘

熟練的教師們談笑風生

天底下真的沒有教不會的學生

只怕遇到不肯教不願教的老師

誰真正理解不憂不惑不懼的真諦？

誰真正瞭悟矜而不爭群而不黨的清澄？

剛剛開始教書的老師最需要的是無憂無惑無懼

資深練達的老師最可貴的是矜持禮讓退讓謙讓

　　在清邁慈濟小學圖書館翻閱《牽手佛心》和《惜緣》兩本書，瑞華師姐提到泰北華文演講及寫作比賽，慈小的陳同學得獎，下午將前往皇太后大學領獎，我主動的要求搭車前往，順便參訪新設的皇太后學校，一百多公里的奔馳，眞是一段難得的旅程。

　　沿路所見的山勢丘陵和花東縱谷截然不同，每一座小山丘都經過刻意的植栽，呈現出柳暗花明，桃源村再現的殊異風景。想到人生總是得失損益互見，錯過了慈小週五的遊戲學習和成長課程，其實眞是一種遺憾。

　　但是見到皇太后大學的莊嚴壯麗，宏闊典雅，綠草如茵，碧綠的湖塘景緻，覺得較花蓮的東華大學和埔里的暨南大學有過之而無不及，不禁爲台灣的大學卓越計畫憂心征忡。尤其泰北與雲南相距不遠，雲南師大、北京大學和廈門大學積極與皇太后大學交流結盟，慈濟大學的國際化可謂競爭多元對手太強，如何以小搏大、以柔克剛，眞有賴群策群力的戮力合作。

　　演講比賽評審計分期間穿插的武術表演和師生獻唱，覺得無論是日本、韓國、香港、台灣或泰國、馬來

西亞等地，流行次文化的影響真是無遠弗屆，果真慈濟
同學和教聯會老師們的手語唱和能有機會巡迴展演，相
信真是濁世清流，同樣會引起一股嶄新的流行風潮。……
……

希望高原幽蘭能警醒世人真愛大自然。

希望泥潭清蓮能激發眾生痛惜功德天。

希望每一次的旅程都能夠敏感覺識，發現前所
未見的風景和趣味。

希望日出日落春去秋來之間，真能以慎戒戰兢
無愁無煩。

附錄三

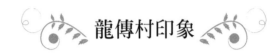

龍傳村印象

龍的傳人是否應該勇敢前往龍傳村？

為什麼金翅鳥的國度裡，遙遠的泰北群山盡處會有一座龍傳村？早年讀過余英時教授「嘆中華文化之花果飄零」一文，當時真好像覺得風雨飄搖，中華文化危在旦夕。但是幾十年來的體悟探索，尤其知道了慈濟世界之後，無論是感恩的心，去惡向善，懺悔的心，隨緣福報，法門無量……我確信中華文化溯遠流長，絕對絕對的可大可久。

程伊川說：「聖人修己以敬，以安百姓，篤恭而天下平。惟上下一於恭敬，則天下地自位，萬物自育，氣無不和。」在泰國見識到大皇宮的氣勢非凡，在位六十年的國王恭敬誠篤，真是個萬物育焉風調雨順的人間桃源。想即便是窮鄉僻壤眾鳥喧嘩的林蔭深處，也會遇到無懷之人葛天之民吧！

　　果然是一趟超常難得的行程，二十六歲目不識丁的校長，開著他的農用貨車，載大家前往雲興小學，一路阡陌縱橫的梯田果園，荔枝、芒果、火龍果，檸檬、龍眼、黃金柑，幾個小小的池塘居然透著一股碧綠，學生們列隊歡迎，充滿了期望，無比的天真也無限的青澀……

　　緬甸來的國軍後裔張老師謙說自己只是個小班長，戲說自己是逃兵的楊老師對於「不經一番寒徹骨，怎得梅花撲鼻香」、「守本分以安歲月，憑天理以度春秋」、「少論人間是非，多識鳥獸蟲魚」、「敦親睦鄰，守望相助」之類的句子，居然要拿筆記本抄錄下來，他似乎有許多難言之隱……整個龍傳村笨拙簡陋之中，透露著難

雲山千萬里

以形容的寂靜，不論是炎陽烈晒的正午，抑或是驟雨初晴之後的黃昏，無論是粗疏的竹籬或是密實的蕉葉茅屋，雞犬相聞的小國寡民之鄉，看到國父孫中山先生的掛像和高高懸掛著的國旗，在異鄉，格外感到又親切、又有點恍如隔世。

　　老師們教導學生說了無數遍的感恩、感謝和滿意知足，惜福助人，手心向上是求人，手心向下是助人，問題是手心向上可以是禮貌性的請求，是非常虔誠的祈禱，是默默無言的自我凝視……因此，簡單的二分法是未必妥當的。但是對單純善良而天真質樸的孩童而言，太理性的論述其實是毫無意義的。

溫馨家園

整天的學習，孩子們絲毫不顯疲態。

　　孩童們熱情而毫無保留地呈現出依依不捨的離情，
期待著海角天涯有緣再相會，他們豈真知道人生不相
見，動如參與商？又豈真能夠體會相期邈雲漢，永結無
情遊的真諦？

　　再會吧！龍傳村無憂無愁的孩子們！

童心無限

國家圖書館出版品預行編目資料

教育的想像：七星潭畔沉思錄／高強華著. --
初版. -- 臺北縣深坑鄉：揚智文化, 2008.08
面；公分.

ISBN 978-957-818-880-8（平裝）

855   97012326

教育的想像──七星潭畔沉思錄

著　　者／高強華
出 版 者／揚智文化事業股份有限公司
發 行 人／葉忠賢
總 編 輯／閻富萍
執　　編／宋宏錢
地　　址／台北縣深坑鄉北深路三段 260 號 8 樓
電　　話／(02)8662-6826
傳　　真／(02)2664-7633
E-mail ／service@ycrc.com.tw
印　　刷／鼎易印刷事業股份有限公司
I S B N ／978-957-818-880-8
初版一刷／2008 年 8 月
定　　價／新台幣 250 元